KB237326

문학과지성 시인선 379

지도에 없는 집

곽효환 시집

문학과지성사

문학과지성사에서 펴낸 곽효환의 시집

슬픔의 뼈대(2014)
너는(2018)
소리 없이 울다 간 사람(2023)

문학과지성 시인선 379
지도에 없는 집

초판 1쇄 발행 2010년 8월 20일
초판 5쇄 발행 2025년 10월 28일

지 은 이 곽효환
펴 낸 이 이광호
펴 낸 곳 ㈜문학과지성사
등록번호 제1993-000098호
주   소 04034 서울 마포구 잔다리로7길 18(서교동 377-20)
전   화 02)338-7224
팩   스 02)323-4180(편집)   02)338-7221(영업)
전자우편 moonji@moonji.com
홈페이지 www.moonji.com

ⓒ 곽효환, 2010. Printed in Seoul, Korea

ISBN 978-89-320-2051-8 03810

이 책의 판권은 지은이와 ㈜문학과지성사에 있습니다.
양측의 서면 동의 없는 무단 전재 및 복제를 금합니다.

지은이는 2009년 서울문화재단에서 지원한 문학창작활성화 지원금을 수혜했습니다.

문학과지성 시인선 379

지도에 없는 집

곽효환

2010

시인의 말

첫 시집을 내고
더는 붙잡을 수 없어
가슴 한 켠에 오랫동안 담아두었던
사랑했던 사람과 풍경을
강물에 흘려보냈습니다.
그래도 끝내 용서할 수 없는 사람은,
지울 수 없는 것들은
그냥 남겨두었습니다.

그 후로
시가, 시 쓰기가 어려워졌습니다.
두려워졌습니다.

—「순애보」

2010년 여름 방이동에서
곽효환

지도에 없는 집

차례

제2부

제1부

겨울, 평강고원

눈 덮인 철원평야
석양을 좇아 기러기 떼 한 무리 날다
옷을 벗은 나뭇가지에 잔설이 앉고
무정형한 새들의 군무
하! 인적 없는 겨울 들판의 여백,
붉게 물드는 잿빛 하늘 한 켠에
밥 짓는 연기 오르면 좋으련만

겨울 꽃 가득한 나목(裸木)
평강고원에 낮달이 창백하다

앞서 간 사람들의 길

칠흑의 길을 앞서 간 이들을 따라
바다를 닮은 호수를 품은 내륙 도시를 지난다
호반을 둘러싼 아름드리 오동나무
굽고 비틀리고 휘어진 굵은 가지 마디마디
먼저 이 길을 간 사람들의 삶이 그랬을지니
더디게 더디게 오는 여름 저녁놀 아래서
편지를 쓴다, 누군가 꼭 한 번 읽어줄

엉엉 울며 혹은 눈물을 삼키며
그렇게 걸어간 사람들에 대하여
그 슬픈 그늘에 대하여

상해 가흥 무한 남경 그리고 중경
한 발짝도 내다볼 수 없는
농무 자욱한 길을 더듬으며
사랑하는 이를 위해 일기를 쓴 사람,
토굴에 웅크려 떨며 누군가를 기다리던 사람,
다시 그날이 와도 숙명처럼

그 길을 묵묵히 갈 사람들에게
철 이른 들국화라도 만나면
물소리, 새소리, 벌레소리, 아이들 재잘거리는
소리를 담아 가만히 들꽃 소식과 함께
바람에 실어 보내리니

고맙다고
고마웠다고
그래서 나 오늘 다시 이 길을 간다고
무심히 여름 벌판을 적시는 강물에도 길이 있다고
길 너머 다시 길이 있다고

달팽이

더듬이를 있는 대로 늘어뜨린
등 굽은 은백의 달팽이 한 마리
굳은 표정으로 꼼짝 않고 자리를 지키던 콘크리트
고가차도를 허문
혜화동 로터리에 새로이 난 버스중앙차도를
느리게 느리게 그러나 거침없이 가로지른다
ㄱ자로 허리를 꺾은 노파가 사력을 다해 끄는
폐지 더미를 가득 실은 손수레
거침없이 내닫는 속도를
온몸으로 위태롭게 그러나 천천히 더디게 가로막는
늙은 달팽이의 아슬아슬한 외출
제 몸뚱이보다 몇 배는 더 큰 삶의 집을 끄는
그네는 안다, 속도와 풍경을 압도하는
느림과 멈춤의 힘을
겨울을 재촉하던 바람 잠시 숨을 고르고
생을 다한 코스모스도 다시금 눈 뜨고 손 흔드는
모두가 일순 멈춰서 그림이 된
가을과 겨울 사이 어느 오후

차창 안으로 기우는 눈부신 빛의 사각

입동을 한참 지났어도 더디게 더디게 가는 가을
　검은 도로 선명한 노란 차선 위에 그렇게 붙잡혀
있다

세기의 서커스

인적 드문 외진 공터에 겨울비는 내리고
대형천막 가설무대,
국내 최고이자 유일한 서커스단의 세계적인 묘기는
이렇게 환상적이고 아슬아슬하게 시작되지
매일

브라운관과 스크린을 주름잡았던
수많은 별들이 이곳을 거쳐 갔지
지금은 인터내셔널이야
최초, 유일의 중국국립기예단과의 합동 공연
곡예의 대부분은 중국 몫이지
우린 한중합작이거든
재미없으면 전액 환불, 이것이 우리의 모토야

열 살,
줄을 타고 그네를 타기 시작했어 점점 높은 곳에서
그때부터 혼자였거든
그래도 외롭진 않았어 지금처럼

스무 살,
오늘의 레퍼토리는 외발자전거 위의 저글링
이 미터 높이의 안장에 앉아 여러 개의 원반을 수
없이 던져 올리고 받는
하늘 높이 올려도 올려도 돌아오는 원반, 그게 나야
서른 살,
외로워 숨어 울던 나를 달래던
돈을 찾아 건설 현장에라도 가겠다던
이곳에서 만난 오빠는
이제 밤무대 가순지 차력산지를 한대
아니야 모르겠어 그날 후로는 한 번도 본 적이 없어
마흔 살,
까마득한 무대 꼭대기에서 하늘다람쥐 같은 비상
그리고 몇 번이고 멋들어진 공중제비를 돌던
그네타기 삼촌은 매표소에서 표를 팔지
질퍽해진 공터를 지키는 그는
지금도 하늘을 날고 싶어 해
쉰 살,

이모는 지금도 가끔 무대에 올라 아니 오르고 싶어 해
의자탑쌓기와 강아지원통돌리기가 특기야
　요즘 텅 빈 컨테이너 박스에서의 궁상이 부쩍 늘었
어 오늘은
　지루한 패떼기에 엉덩이가 무거워진 그녀와 고스톱
한판 쳐줄까도 싶어

　그다음엔 몰라
　곡예사에게 내일 일은 모르는 거야
　사랑 같은 건 필요 없어, 스무 살
　사랑, 아니 필요할지도 모르지

　삶도 겨울 들판처럼 비워둘 수 있으면 좋겠어
　낡고 초라하게 시드는 꽃도 나름 아름답잖아
　떠돌면서 날마다 피고 지는 꽃
　하루의 꽃

사라진 도시

두 개의 강이 넓찍이 가랑이를 벌린 계곡
철길을 따라 늘어선 오두막집처럼
돌의 제단들 나란히 줄지어 있다
아득한 문명이 증기처럼 사라진 신들의 고원 도시
태양과 달의 피라미드가 드리운
생명과 죽음을 잇는 길을 걷다
파리한 회색 혹은 주홍빛의 길
그림자 없는 신들이 거닐던
죽은 자들의 길 위에서 나는
어느 날 흔적 없이 사라진 자들을
찾다, 놀다, 기다리다, 잠들다

돌의 신전을 떠받친 깃털 달린 뱀은
딱딱하게 굳은 날개를 다시 펴고
비의 신 틀라록은 밤새 목이 마르다 한다
기우는 빛이 들고 제단 너머로
마른 바람 불다

아득한 붉은 빛이다

고무신 배를 띄우다

내 유년은 전주천 공수레 다리 아래로 흘러갔다
작은 아이들이 다람쥐처럼 넘나들던 녹음 속에 똬
리를 튼 교육대학 붉은 벽돌 건물과 담 구멍, 세탁소
골목길 그 막다른 집, 이 차선 좁은 도로 건너 전파
사, 한 집 건너 작은 슈퍼 그리고 과일가게 옆 오래된
기름가게
좀처럼 변하지 않는 것들과 쉽게 사라지고 새로워
지는 것들이
뒤섞인, 더러는 여전하고 더러는 낯선 그 거리
흑백사진 같은 그 세월 영영 갔어도
가슴 한구석에 남아 지워지지 않는 유년을 적시고
간 기억들

거기 개천이 있었다
관촌평야에서 발원한 만경강의 첫번째 지류
남동에서 북서로 흐르며 평야를, 도시를 적시는 물
줄기
소년을 소년이게 하고

하늘은 하늘, 나무는 나무, 꽃은 꽃, 붕어는 붕어,
물은
　그냥 물로서 흐르던 내와 강의 중간 어딘가에서
　허벅지까지 접어 올린 바지가 다 젖는 줄 모르고
　검정고무신, 하양고무신 벗어 물길 위에 띄우고
　송사리 붕어 쉬리 갈겨니 모래무지 버들치 참종개
참마자 피라미 돌고기
　텀벙텀벙 쫓고 다슬기 따던
　해맑은 사내아이가 있고 새침한 계집아이가 있고
　그 옆을 아장아장 따르는 더 작은 아이와 다른 아
이들의 재잘거리는 소리의 울림

　오늘 거기에 눈을 감은 사내아이가 다시 서서
　너무도 눈이 부셔 온 세상이 은빛으로 변해버릴 듯
한 햇빛 아래
　숨조차 쉴 수 없는 죽음의 길목에서 간신히 살아
돌아온
　그 작은 물길 위에 다시 돛을 달아

고무신 배를 떠운다

조막만 한 손들이 따온 꽃잎 갑판에 가득 싣고
구불구불한 내를 천천히 천천히 지나
큰 강으로, 다시 바다의 중심으로 나아가는
생명을 실은 배의 진수
무수한 꽃잎들이 하늘 높이 날았다
꽃비되어 다시 내려앉는 천변

보아라
검고 하얀 고무신 배의 가장 높고 시야가 트인 이
물에 서서
네가 잃어버린 것을
전주천 크고 작은 다리 아래로 흘려보낸 풍경들을
수백의 하양고무신에 실어 보낸 꿈
수천의 검정고무신에 돛을 달아 흘려보낸 것들이
이제 다시 돌아오고 있지 않느냐

어둠이 물밀듯이 밀려오고 맑은 물 위에 꿈틀거리
던 유충이 반딧불이로 날아올라 여름밤을 밝히고 다
시 박명 속에 물비린내를 걷어 올리며 새가 날아오르
는 아침
내 아이와 그 아이의 아이와
내 아버지와 그 아버지의 아버지를 불러
산란하는 빛의 가운데로 앞으로 또 사방으로 나아가
물길에 실어 보낸
유년의 희망, 그 작은 사랑을 다시 찾으리니

들리지 않느냐
실핏줄 같은 작은 도랑과 개울과 시내의 숨소리가
개천과 샛강의 전언이 이렇게 들리지 않느냐
─나의 바람은 거대한 물길이 아니다

다시 광화문에서

그 여름은 장엄했으나 지리했다

경계가 무너진 봄과 여름의 어느 날
거대한 자본이 되살린 청계천 물길 머리에서 시작된
교복을 입은 앳된 소녀들의 외침, 여린 절규와 분노
그 떨리는 손길로 들어 올린 촛불, 촛불들
― 가슴 저 깊은 곳이 저미게 아파왔다

소통 없는 말과 몸들의 경계와 충돌
분분히 날리는 절망, 절망들
무언가를 쏟아내지 않으면 안 되는 사람들
거리와 거리를, 밤과 밤을 잇는
종이컵을 두른 촛불들
― 광화문에서 다시 홑창을 사이에 두고 나는 내내
망설였다

그날, 새벽부터 광화문을, 주변의 모든 길들을
공고히 가로막은 컨테이너 성벽과 철망을 두른 버

스들

　여전히 오른손에 장검을 든 이순신 장군 동상을 사
이에 두고
　도도하게 물결치는 우리의 사랑 우리의 분노 우리
의 힘
　─고장 난 목소리는 모든 것 눈을 감고 광화문을
지나가버렸다*

　수많은 촛불들이 밝힌 여름밤은 청계천 물길 따라
흘러가고
　마른 장마는 짧게, 늦더위와 가뭄은 지리하게 이어
졌다
　긴긴 여름은 장엄했으나 그렇게 조금씩 기울었고
촛불도 사위어갔다
　그리고 우리는 다시 희망 없는 날들을 이야기했다
　─더 낮은 목소리로, 점점 더 작은 목소리로

　다시 시린 겨울, 온통 파헤쳐져 광장을 기다리는

광화문 세종로,

　세종대왕 동상이 새로 선다 하고 종전처럼 충무공
이 지킨다 하고

　둘이 앞뒤로 나란히 선다 하고 아니 법도에 어긋난
다 하고……

　흑인 노예가 첫발을 내디딘 지 삼백구십 년, 노예
제 폐지 백삼십사 년 만에

　사십여 년 전 버스에서 자리 양보를 하지 않은 흑
인을 감옥에 보냈던

　나라가 첫 흑인 대통령 취임을 하루 앞두고 있다고

　속보를 토해내던 광화문 전광판은

　친위 테크노크라트를 중용한 개각이 있었다고……

　경찰특공대가 투입된 재개발지구 농성장 망루에 있
던 사람들이 화염 속에 죽어갔다고……

　거리로 내몰린 철거민의 생존투쟁이었다고 불법 시
위를 막기 위한 적법한 진압이었다고……

　붉게 물들었다

광화문 네거리에 고장 난 말들은 그렇게 끝없이 지
나가고
그 여름은 장엄했으니
이제 우리에겐 꿈이 있을까

* 박봉우 「광화문에서」에서.

Beyond right

나는 내가 어떤 곳에서 왔는지 상관하지 않는다. 비록 일본 여권을 가지고 있고 부모님도 일본인이지만 이것은 나에게 아무런 의미도 아니다. 그래서 나는 한국 친구나 중국 친구들을 사귀는 것이 행복하다. 국적은 중요한 것이 아니다.   — 나카타 히데요시*

여러 해 전 텔레비전으로 한일전 축구 중계방송을 보았을 때입니다 언제나 그랬듯이 경기장엔 일찍이 달아오른 수많은 관중들의 함성과 열기로 가득했고 붉은색과 파란색 유니폼을 입은 선수들이 차례차례 잔뜩 긴장한 모습으로 입장했습니다 초록의 운동장 가운데 선수들이 도열하고 함성이 잠시 잦아들 무렵 양국 국가가 차례로 울려 퍼졌습니다 선수들은 하나같이 경건한 부동자세로 서서 결기 가득한 굳은 얼굴로 바닥을 보거나 더러는 작게 입을 벌려 국가를 따라 부르기도 했습니다 그때 화면에 비친 한 일본 선수에게서 눈을 뗄 수가 없었습니다 그 엄숙하고 경건한 국가의 순간, 그는 여기저기 기웃거리고 가볍게 제자리에서 뛰며 몸을 풀며 놀고 있었습니다 일본 국가

가 울려 퍼지는 내내 그는 주위에 아랑곳 않고 딴청
을 부리며 몸을 놀렸습니다

  유럽에 진출하여 이탈리아와 영국의 빅리그에서
뛴, 일본 축구의 상징과도 같은 그의 경쾌한 몸놀림
한일전 뒤에 숨어 도사리고 있는 보이지 않는 더 큰
무엇을 가볍게 무력화시킨 스포츠형 머리를 노랗게
물들인 한 축구 선수의 유쾌한 놀음이 수놓은 그날
밤을 잊을 수 없습니다 그 잔영이 가슴속 깊이 똬리
를 틀고 오랫동안 지워지지 않습니다

  * 전(前) 일본 국가대표 축구 선수.

죽음과의 만남

1

흐리고 가끔씩 비 오는 날 오후
혹은 우중충한 날이 어둑어둑 저물 무렵
라이프치히의 토마스 교회에 가보세요
도심 어디선가 파이프오르간 소리 아득히 들리면
작은 광장에 우두커니 서 있던 파우스트 동상이
뚜벅뚜벅 큰 걸음으로 다가와
문을 활짝 열어젖힐 것 같은
웅장하지도 아담하지도 않은 오래된 교회
천장의 아치를 따라 붉은 나무를 덧댄 지붕선 아래
중앙 통로를 따라 더러는 저만치 떨어져 앉아
기도하는 연인들
수백 년을 받침돌 위에서
오래된 도시를 지켜온 사내는
밤이면 비틀거리며
아우어바흐 켈러*에서 걸어 나와
붉은 눈으로 그들의 심장을 들여다보곤

말하지요
　　사랑하라 사랑하라 다시 사랑하라
　　죽기까지 그리고 당신의 영혼을 팔기 전에
　　죽음을 넘어서는 만남과 사랑을 이루, 라고

　　2

　　한 사내의 삶은 성실했지만 여정은 고단했지요
　　튀링겐에서 바이마르 그리고
　　영원히 안주하고 싶었던 쾨텐을 지나
　　파이프오르간 소리 가득한
　　유리관으로 둘러싼 오래된 교회의 별실에
　　영원히 몸을 부리기까지
　　수백 년의 시간을 넘어서 울리는 칸타타 혹은 수난
곡은
　　일렁이는 욕망을 누르고 순명하는 영혼의 노래
　　춥고 음습하고 우울한 북구의 봄날부터 늦가을 저

녁까지
　죽어서도 울리는 불멸의 소리에는
　상처와 위로가 있어요
　두 아내와 열여덟 명의 아이를 두고
　사랑하는 사람들의 품 안에서 눈감은
　그의 유년의 꿈은 교회 오르가니스트
　그 꿈은 이루었지만
　외로웠대요, 그는
　늘 무언가를 갈구했대요, 그는
　죽기 전에 꼭 한 번 만나고팠던 이를 끝내 만나지
못한
　유리 벽을 사이에 둔 그와의 낯선 조우는
　죽음을 넘어선 만남
　죽지 않는 만남
　죽을 수 없는 죽음과의 만남 그래서
　나는 당신 안에서 행복합니다**

* Auerbachs Keller. 괴테가 『파우스트』를 쓸 때 자주 드나들었
다는 지하 술집. 입구의 좌우에는 작품의 한 장면을 형상화한
조각이 있다.
** "Ich freue mich in dir." 바흐가 작곡한 칸타타 No. 133의 제목.

이카루스의 추락[*]

> 빈 하늘을 날고 싶다는 욕심에 사로잡힌 그는 아버지를 떠나 하늘 높이 솟아올랐다. 〔……〕 태양의 열기에 깃털을 붙인 밀랍이 말랑말랑해질 때까지 솟아올랐다. 그러자 밀랍이 녹았다. 밀랍이 녹았는데 깃이 붙어 있을 리 없었다. 이카루스는 맨팔 맨다리를 허우적거렸다. 그러나 깃 없이 사지만 허우적거려봐야 아무 소용도 없었다. 이카루스는 아버지를 부르며 바다로 내리박혔다.
> ― 오비디우스, 『변신이야기』에서

말을 몰아 쟁기질을 하는 농부는 밭 갈기에 여념이 없어요

지팡이에 기대고 선 목동은 물끄러미 하늘의 뭉게구름을 보고요

코앞에 추락하는 나를 보고도 어부는 드리운 낚싯대만 바라보네요

멋진 돛을 단 범선은 그림같이 바다를 가르고 흘러가지요

빈 하늘 가장 높은 곳까지 치솟았다가

굉음을 내며 떨어지고 살려달라고 비명을 지르는데

거꾸로 처박혀 하얀 다리만 드러내고 몸부림치는

이 놀라운 추락을
세상 모든 사람들이 놀라 두려움 가득한 표정으로
쳐다보겠지요

나는 분명 하늘을 날았어요
누구도 탈출할 수 없는 천혜의 감옥을 바친 아버지
를 가둔
유폐 당한 섬의 고립으로부터 빛을 향해 날아오르는
새의 깃털을 밀랍으로 이어 붙인 날개를 단 인류
최초의 비행
하늘 높이 하늘 높이 태양에 가장 가까이 솟구친
첫번째 도전은
노란 포물선을 그리며 떨어지는 별똥별같이 추락
해요
사람들은 경악하고 바다는 요동치겠지요
멀리 나무 밑에 핏자국이, 덤불에 걸린 머리가 잘
려나간 몸뚱이가 보여요
그런데 이 굉장한 일을 보는 사람이 아무도 없네요

세상은 아무 일 없어요 너무도 따듯하고 평온해요
내 존재는 이렇게 희미한가요
이렇게 사라지고 잊혀지는 건가요
아 — 아버지, 어디에 계신가요

태양은 빛나고 하늘과 바다는 여전히 푸르지요
세상은 평화로웠어요
그가 하늘을 날기 전에도 그 후에도
하늘과 바다가 맞닿는 그곳은 우리의 관심이 아니
에요
　—나는 날이 저물기 전에 이 밭을 다 갈아야 해요
　　내일은 이 말을 돌려보내야 하고 삯도 치러야
해요
　—백일몽에 잠긴 듯 먼 하늘을 바라보는 명상을
방해하지 말아요
　　매일 수많은 양들을 모는 이 반복되는 일상은
정말 지겨워요
　—며칠째 낚싯대에 입질조차 없어요 오늘도 빈손

으로 갈 수는 없잖아요

　　무언가 풍덩 빠지는 소리가 들린 것 같은데 커
다란 물고긴가요?

　　여전히 태양은 빛나고 바다는 푸르고 범선은 닻을
내릴 항구를 찾아요
　　농부는 밭을 갈고 목동은 먼 하늘을 보고 어부는
낚시를 해요
　　멀리서 작은 촛불들이 보여요 하나 둘 셋……
　　하지만 그게 무슨 상관이에요

* 르네상스 시대 화가 피테르 브뢰헬Pieter Brueghel의 1558년 그
　림. 오비디우스의 『변신이야기』에서는 사람들이 이카루스의 추
　락을 지켜보며 놀라워하는데 반해 이 그림에서는 아무도 관심
　을 표하지 않는다.

테오티우아칸에서 놀다

섭씨 30도를 넘나드는 2월,
붉은 고원 고대 신전에 맴도는 뜨거운 고독

검은 돌칼로 베어낸
내 붉은 심장을 치켜들고
한 사흘 뜨겁게 뜨겁게 고동치듯 놀지니
이곳 어디에도 없고 어디에도 있는
그들을 불러야 하리
흉터 같은 돌의 형해들만 남기고
어느 날 들리듯이 사라진
테오티우아칸의 신들, 아즈텍 이전의 사람들

수천 년을 잠든 도시에서
지워지지 않는 사랑의 먼 길을 돌고 돌아온
나는
놀며 기다린다
기다리며 논다
……

무료하다

멀리 그늘 없는 돌무덤 위에서 누군가 나를 보고
있다
어디서 다시 심장 고동 같은 북소리 들리는데

내 이름은 멕시코언

멕시코행 비행기를 기다리는 LA 공항의 대합실 낡
은 콘크리트 건물에서의 굴욕적인 몸수색과 입국 절
차는 이제 오래된 통과의례가 되었는지 다들 표정이
없다 여전하지만 한결 누그러진 비장한 혹은 단호한
출입국 심사대의 표정을 위로 삼아 기다리는 멕시코
행 UA편 비행기는 네 시간이 넘게 연발이다 환승대
기 시간을 더해 여덟 시간을 넘게 기다리는 지치고
고단한 기다림의 길

두 손 가득 주렁주렁 보따리를 든 전통 복식 차림
인디오 노파
굵은 주름 골이 너무도 선명한 얼굴, 구부정한 단
구의 찬찬한 어슬렁거림
그 모습 지워지지 않네
고개를 돌려도 눈을 감아도 그 얼굴 좀체 지워지지
않더니
비행기 옆 좌석에 나란히 앉게 되었네
앞뒤로 가득한 쭉쭉빵빵 젊은 백인 여성들의 쾌활

한 웃음소리
　셔츠 아래로 보이는 뽀얀 속살, 터질 듯한 엉덩이
어른거려 눈을 감는데
　생의 고난을 고스란히 얼굴에 옮겨온 듯한 자글자
글한 주름 가득한
　인디오 노파가 고산지대의 초식 공룡 같은 무방비
한 표정으로
　무언가 말을 건네네
　알아들을 수 없네 아니 듣고 싶지 않아 눈을 감고
　잠을 청하는데 한사코 내미는 여권과 입국 카드
　글을 모르는 문맹인 듯하여 하는 수 없이 더듬더듬
짚어가는데
　그네 이름이 멕시코언이라네
　Date of birth 13 Aug. 1936/Nationality Mexico
/Surname Mexicoan

　말도 글도 모르고 기회의 땅 아메리카에서 평생 그
렇게 살다가

때 묻은 천가방 몇 개 주렁주렁 들고 귀향하는

인디오 노파의 눈동자에 호수가 어리어 있네

그 눈에 멕시코를 다 빠뜨릴 수 있을 만큼 커다란

호수가 있네

그 곁에 누가 있네, 거친 에네켄 농장에서 사나운

가시에 찔린

곪은 피 뿜으며 몸을 놀리는 내 할머니가 있고 어

머니가 있네

두 눈에 그득한 슬픈 천진함 그 눈에 어린 또 다른

황색 인디오들

아, 내 어머니 할머니, 그 어머니 할머니 다시 그……

볼펜 꾹꾹 눌러 입국 카드 빈칸을 채우고 나니

그네 주름 가득한 두 손을 모으고

몇 번이나 감사하다고 감사하다고 하는데

이름이라도 준 조국이 있는 그네가 나는 부럽네

비행기 연발을 사과한다며 5달러 하는 기내식을 무

료로 나누어 준다는

미안함을 전혀 느낄 수 없는 방송이 나오고
무심코 배식을 지나치려는 스튜어디스를 불러
그네에게도 음식을 건네는데
다시 고맙다고 고맙다고 고개 숙이고 허리 숙이는
그네의 주름 가득한 손에 포개어진 내 손
더없이 부끄러워 나 비로소 그네의 이름을 부르네
미세스 멕시코언, 미세스 멕시코언…… 그리고 내
어머니 할머니

이튿날, 멕시코시티 북쪽 방향 없이 기운 과달루페
성당 한 모퉁이에서 검은 얼굴에 굵은 주름 가득한
낯익은 늙은 인디오 성녀 한 분이 옷깃을 열어 붉은
장미꽃 가득히 떨구네 너 디에고 아니냐고 동양에서
온 디에고 아니냐고
2월에도 30도를 육박하는 날의 눈부신 태양도 지쳐
테페약 언덕 너머로 서서히 기우는데

하디사에서 생긴 일*

내 이름은 이만 왈리드, 아홉 살이에요
그날 우리 집에서, 하디사의 작은 마을에서
무슨 일이 있었는지
말할 수 없어요 나는
아직도 무섭고 두려울 뿐이에요

여느 때와 같은 토요일 아침이었어요 굉음에 놀라
달콤한 잠에서 깼지요 그들이 들어온 이후 반복되는
일이기도 하였기에 아버지는 코란을 집어 들고 방 안
으로 들어가 기도를 시작했어요 가족들이 두려운 마
음으로 하나둘씩 거실에 모여 서성일 때 한 무리의
미군 병사들이 문을 박차고 들어왔어요 뭐라고 소리
를 지르더니 아버지가 기도하는 방으로 들어갔고 바
로 총소리가 났어요 나는 두려웠어요 다시 거실로 나
온 그들의 총구는 할아버지를 향했어요 당뇨로 다리
를 절단하고 휠체어에 앉아 있는 할아버지의 머리에
가슴에 배에 차례로 총을 쏘았어요 할머니 어머니와
두 오빠 그리고 두 달 된 갓난아기 아시아를 꼭 끌어

안은 삼촌과 고모가 그렇게 차례로 피를 뿜으며 쓰러졌어요 무서웠어요 나는 아무것도 할 수 없었어요 잠옷 차림으로 고개를 숙이고 겁에 질린 얼굴로 불을 뿜는 총부리를 겨우 볼 수 있었을 뿐이에요 그것이 내가 할 수 있는 전부였어요 그날 아침 내내 다섯 살난 남동생 압둘 라흐만과 저 둘만이 어깨와 다리에 파편을 맞고 피가 솟구치는 구멍을 움켜쥐고 고통 속에 누워 있었지요 그렇게 살아 있었고 살아남았어요 그리고 무서웠어요 나는 아니 우리는

이것은 단지 시작이었어요 이웃에 사는 유니스 살림 파피프 아저씨의 집에서도 같은 일이 일어났어요 아에다 아주머니와 다섯 명의 아이들이 그렇게 죽었어요 사파 유니스 언니만이 저처럼 유일하게 살아남았지요 엄마 품에 안겨 흥건히 피에 젖어서 말이에요 언니의 창백한 얼굴이 공포로 더욱 하얗게 되었을 거에요 저처럼 죽음은 마르완 아흐메드 사 형제의 집으로 이어졌어요 그들은 모두 장롱 속에 갇혀 총에 맞았어요 그 집엔 이튿날 아침까지 아무도 들어갈 수가

없었대요 죽음의 광란은 인근을 지나던 택시에 탄 네
명의 청년과 운전사 모두를 쏴 죽인 후에야 비로소
멈추었대요

그날 아침, 다섯 시간 동안 무슨 일이 있었냐고요?
몰라요 나는
왜 어떻게 이 일이 우리 가족에게 일어났는지
그들에겐 무슨 일이 있었냐고요?
아무것도 몰라요 나는
이것이 아는 전부에요

제 말을 믿을 수 있으세요
무언가 잘못된 것이겠지요
정말 그러길 바랄 뿐이에요
꿈이길 바랄 뿐이에요
이 악몽에서 깨어나 엄마 아빠에게 가고 싶을 뿐이
에요
아, 무서워요

알라는 어디에 계신가요

계시기는 한가요

이제 저는, 라흐만은 어떡하지요

* 2005년 11월 19일, 바그다드 동북쪽 220여 킬로미터 떨어진 하
디사에서는 미국이 이라크를 침공한 이후 최악의 민간인 학살
이 일어났다. 매설 폭탄에 동료를 잃은 미 해병대 킬로 중대 병
사들은 근처 민가를 찾아다니며 민간인 24명을 사살했다(『한겨
레21』 613호 기사 참조).

다시 길에 서다
─열하기행 1

1

熱河를 향하여,
다시 길 위에 서다

가없는 대륙이 펼쳐지는 동쪽 끝
안개 가득한 압록강 하구의 국경도시
끊어진 철교를 따라 나란히 난 새로운 철길
나는 경계의 둑을 걷고 있다
사방으로 열린 광활한 대륙에서
새 길이 열리듯이 새로운 소통을 꿈꾸면서도
몸은 주저주저
끊어진 철교 앞에
더는 갈 수 없다는 경계석 앞에 멈춰 서 있다
하─ 풍경 너머 경계의 풍경들
　색동저고리를 두르고 기념사진을 찍는 중국 여
인들
　하구 가장자리에서 물놀이하는 강 건너의 아이들

푸른 풀밭 위로 띄엄띄엄 서서 얼굴을 흐리는
섬의 나무들 그 아래 붉은 벽돌집 몇 채
내 눈은, 발길은 멈춰 서 강 건너 풍경에 있다

2

끊어지고 흩어진 길들
그 길이 낳는 낯선 새로움 하여 열린 길들
어느 길도 가지 못할 길은 없다
돌아오지 못할 길 또한 없다
한여름 뙤약볕 가득한 대륙의 벌판 아래
그을린 얼굴에 쏟아지는 땀을 훔치면서도
눈꽃 가득한 설원을 얼어 터진 손과 발을 후후 불
면서도
길을 내고 가야만 하는 이들이 있다
사라진 궤적을 찾아
지평선 이쪽 끝에서 저쪽 끝을 향해

가고 또 오는 길 위의 사람이고 싶다
오늘 꼭 오늘이 아니라도
이곳은 저곳에게 저곳은 이곳에게 피안이고 싶은
그 길을 터벅터벅 걸어서
그 경계를 넘고 싶다

한 걸음
— 열하기행 2

작은 물줄기 건너 사람이 있다
설지 않은 들판의 논과 밭
본 듯한 얼굴, 귀 익은 말소리
단동 호산장성을 따라 흐르는 유난히 폭이 좁은 압
록강 지류
한 걸음만 건너뛰면 닿을 것 같은 작은 개울
더는 갈 수 없는 中朝邊境 一步跨
철조망도 초병도 없는
변방의 경계를 흐르는 물줄기
홀수선 없는 낡은 목선 두어 척
경계를 관람하라고
분단을 체험해보라고
강기슭에 걸릴 듯 걸릴 듯 위태롭게 흘러간다

소리쳐 불러도 애써 고개를 돌리는 강 너머 사람들
가슴 한구석은 세차게 여울져 울렁거리는데
몸은 모래톱에 걸려 한 걸음도 나가지 못하는데
이 작은 물길을 건너는 사람이 있다

성 그리고 섬
— 열하기행 3

압록강 연안을 따라 굽이굽이 쌓았다던 구련성(九
連城)
성은커녕 성터도 희미한 마을 초입
구멍가게 앞에 허리춤 높이의 낡은 쇠기둥을 두르고
쓰레기 뭉치들과 뒤엉킨 작은 표지석 하나 있지
이곳이 구련성터였다고 明淸 양대에 교역의 요충지
였다고 조선 사람 엉엉 울며 대륙으로 대륙으로 건너
간 길목이라고 기념하여 1962년 시급 문화 유적으로
지정했노라고 붉은 글씨로 증거하고 있는
사라지는 것 혹은 잊혀지는 것은 두렵지 않아
비루하게 남는다는 것이 더없이 자괴스러울 뿐이지

대륙을 닮은 푸른 평원의 섬 위화도 그리고 두 개
의 섬*
물 마르는 계절이면 이쪽과 저쪽을 이어주던 그는
이제 혼자이고 싶어 해
좀더 외로워지고 싶어 하지
반도와 대륙 사이에 긴 틈새의 비애를 너희들은 몰라

수많은 이들이 건너가고 또 오고

무리 지어 칼을, 총을 들고 건널 때마다

반역과 침략으로 붉게 몸을 적신 비린 신음

아프지만 이젠 잊고 싶어

다 잊고 싶어

* 위화도 바로 위쪽에 위치한 난자도와 금동도. 수심이 낮아 압록
  강을 넘나드는 통로로 이용되었으며 수양제(隋煬帝)와 당태종
  (唐太宗), 청태종(淸太宗)의 침공로였고 임진왜란 때 이여송이
  명의 원군을 이끌고 이곳으로 넘어왔다.

엇갈리는 증언
―열하기행 4

　　단동에서 승합차로 한 시간여. 버드나무 몸통으로
얼기설기 엮어 이천 리를 뻗었다던 책성(柵城)과 책
문(柵門)은 이제 만주 벌판에선 통째로 사라진 아득
한 전설입니다 떨어지지 않는 발길을 재촉해 청나라
봉황성 장군이 지키는 판문(板門)을 지났다는 통나무
성 경계는 문화혁명과 함께 지워지고 변문(邊門)이라
는 이름 외엔 책문, 고려문 혹은 가자문(架子門)이라
는 이름을 기억하는 이는 없습니다 마을 초입에 있었
다는 변문 표석은 도랑으로 굴러떨어져 우거진 풀숲
에 묻힌 지 오래 변문지역청 주변을 두리번거리는 일
행을 향해 경계심 가득한 굳은 얼굴의 사내가 황급히
손사래를 치며 가로막을 뿐 그래도 고려산과 책문터
를 찾아 묻고 물어 빙빙 도는데 사람마다 말이 엇갈
립니다 누군가 마을의 가장 연장인 노인을 가리키며
그는 확실히 알 텐데 안타깝게도 귀가 멀어 듣지 못
한다고 합니다 내게는 그가 듣고 싶어 하지 않는다고
말하고 싶어 하지 않는다고 들립니다 마을 공터 언저
리 고려면점(高麗麵店) 앞 당나귀가 끄는 수레만이

덩그러니 여름날 오후 변문을 지키고 서 있습니다

다시 봉황서 세 시간 반 가도 가도 한량없는 웅장
한 요동벌엔 도시가 가득합니다 연암이 가히 한번 울
만한 곳이라고 했다는 울음터, 요양(遼陽)의 중심은
동북 지역에서 가장 높고 오래된 백탑(白塔) 거란과
한족의 융합을 기원한 불교 사리탑이라고 하기도 하
고 당태종을 따라 고구려를 친 귀화한 변방 민족 울
지경덕(尉遲敬德)이 쌓은 전승탑이라고도 하고 아니
당태종이 고구려를 치기 전 그로 하여금 보수케 한
탑이라고도 하고 그는 마지막까지 당태종의 정려(征
麗)를 말렸다고도 하고 여름비에 젖은 탑 뒤로 문을
굳게 닫은 거대한 불교식 건물이 우뚝합니다 그곳엔
웅장함 대신 빙빙 돌고 엇갈리는 말들이 뒤섞여 번잡
함만이 그득합니다

그날 밤, 별들로 가득한 하늘에서 지평선 너머로
꼬리를 감추는 별똥별을 따라 요동벌을 한없이 걸었
습니다 그렇게 걷다가 엉엉 울었습니다

만주 사람
—— 열하기행 5

숲도 없고 산도 없는

가없는 벌판

외롭게 흐르는 물줄기 따라

아버지의 아버지, 아버지의 아버지의 아버지

더러는 그보다 몇 대 앞의 아버지

그 일족이 무리지어 들풀처럼 살던

숙신(肅愼) 말갈(靺鞨) 여진(女眞) 혹은 읍루(挹

婁) 물길(勿吉)이라 불렸던

대대로 국경도 소유도 모르고 살다

불꽃처럼 일어섰다가 사라진

대륙의 마지막 왕조를 일구었던 단구의 사람들

중산공원 까마귀 떼
— 열하기행 6

청태조 누루하치와 청태종 혼타이지의 소박한 왕
궁, 심양(瀋陽) 고궁을 제외하고는 이곳에서 지나간
일들 혹은 사람들의 흔적을 찾기는 쉽지 않습니다 봉
천(奉天)의 기억을 애써 지워내듯이 병자년 이후 수
만의 조선인들이 팔려나간 노예시장터 남탑을 찾아
혼잡한 시장 길을 헤집어가며 반나절을 허비한 일행
에게 안내자는 당나귀 고기를 맛본 사람은 당나귀를
타지 못한다는 중국 속담으로 응수합니다 개발이란
호랑이 등에 올라탄 대륙의 도시에선 일 년 전 자취
도 까마득한 과거라고 다른 볼 것이 더 많다는 말을
뒤로하고 찌는 햇볕을 무릅쓰고 서문 밖 중산공원(中
山公園)을 찾는 일행에게 그는 흔한 체육공원엔 왜
가느냐고 몇 번을 되묻습니다 이곳이 병자호란 후 끌
려온 삼학사가 처형된 곳이요 수많은 천주교도들이
순교한 피의 형장이라는 말을 듣고서야 그는 슬며시
말을 바꿉니다 겨울이면 어디에서 왔는지 알 수 없는
수많은 까마귀 떼가 공원에서 떠날 줄 모르고 빙빙
돈다고 아마 그 원혼들이 아닌가 싶다고 그런데 그들

은 누구를 위해 목숨을 버렸느냐고 되묻습니다
　가슴께까지 숨이 차오르는 여름, 공원 곳곳엔 짝을
지어 사교춤 연습에 여념 없는 초로의 사람들만 가득
합니다

열하 단상
— 열하기행 7

마흔 개의 손을 가진 거대한 목불(木佛)
손마다 들어 있는 부릅뜬 눈〔目〕들
차마 잠 못 이루는 붓다가 지키는 열하
대륙을 지배하고자 한 이민족들의 고뇌 어린
사냥터 위에 세운 여름 행궁을 둘러싼 열두 개의
절은
내몽고 땅에 세운 티베트 불교의 성지
온 적도 본 적도 없는 달라이 라마를 기다리는
작은 포탈라
통 안에 든 기다란 심지를 뽑은 사람을 향해
달 모양의 돌조각 두 개를 던져 운세를 점치는
표정 없는 동승이 그를 대신하고
거센 눈보라 불고 부는 혹한에도 말갛게 물이 솟는
가장 짧은 하천이 흐르는 이곳에
하룻밤에 아홉 개의 강을 건너 허겁지겁 도착해
내내 허둥대기만 한 앞서 다녀간 이들이 있고
그 뒤를 다시 그렇게 좇는 이들이 있다

바람 한 점 없는 여름
열하의 중심을 흐르는 무열하는 소리가 없다

고북구장성에 오르다
— 열하기행 8

이 길은 내내 장성과의 만남 아니 끝이 없는 장성과의 싸움입니다 한반도와 북방 대륙이 만나는 곳, 압록강 기슭에서 시작되는 호산장성에서부터 '만리장성동단기점(萬里長成東端起點)'이라고 여기까지 삼키지 않으면 안 된다고 동북공정은 쉼이 없습니다 연산산맥이 시작되는 곳에 진시황이 흙성을 쌓고 14세기 명의 서달 장군이 돌성을 쌓고 수천 년동안 지켜온 동쪽 첫 관문 고도 진황도 산해관 천하제일문(山海關天下第一門)의 미래가 궁금합니다

옛 열하에서 승합차로 두 시간을 달린 끝에 이른 북방을 다스리는 두뇌로 가는 관문 고북구장성(高北口長城) 구름 한 점 없는 하늘 아래 불쑥 통과한 터널을 지나 한참 더 가다가 망설이며 돌아온 길가에 어렵게 찾은 허름한 '옛 고북구장성 접대처' 두리번거리고 다시 한참을 물은 끝에 설마 장성이 나올까 싶은 산자락을 따라 난 오솔길을 고개를 갸웃갸웃하며 올랐습니다 그렇게 땀을 쏟으며 한참을 오른 산 능선에 불쑥 과거의 얼굴을 한 만리장성 한 줄기가 일행

을 보고 환하게 웃고 있습니다 허물어지고 팬 상처를
고스란히 보이며 이쪽에서 저쪽까지 가없이 늘어선
만리장성의 민얼굴로 이것이 진실하고 겸손한 역사의
모습이라고 일행 다섯이 텅 빈 산 텅 빈 장성 장군루
를 온전히 누리며 그렇게 한참을 서 있었습니다 허물
어진 성터의 상처를 온전히 보고 어루만지며 길고 지
리한 장성과의 싸움을 그렇게 끝맺었습니다

물의 언덕

자궁을 닮은 거대한 호수 그러나
그 위에 세운 고대 도시 아즈텍의 기억은
물의 흔적을 잃어버린
물의 언덕 위에 있다

몇백만 년 전
커다란 양철 독수리가 하늘 위를 빙빙 배회하고
그 배 속에서 붉은 고원으로 쏟아져 나온
언어 이전의 삶을 산 사라진 사람들
바람의 방향을 따라
물의 비탈을 따라
산 밑의 마을로 더 큰 마을로
작은 도시로 큰 도시로 더 큰 도시로 갔다가
마침내 다시 물의 언덕 위의 신전으로 돌아오다

어디일까
수십억 광년의 침묵이 고였다가
맨 처음 흐른 물의 언덕은
그 기억의 형해만 남은 물의 신전은

제2부

얼음새꽃

아직 잔설 그득한 겨울 골짜기
다시금 삭풍 불고 나무들 울다
꽁꽁 얼었던 샛강도 누군가 그리워
바닥부터 조금씩 물길을 열어 흐르고
눈과 얼음의 틈새를 뚫고
가장 먼저 밀어 올리는 생명의 경이
차디찬 계절의 끝을 온몸으로 지탱하는 가녀린 새순
마침내 노오란 꽃망울 머금어 터뜨리는
겨울 샛강, 절벽, 골짜기 바위틈의
들꽃, 들꽃들
저만치서 홀로 환하게 빛나는

그게 너였으면 좋겠다
아니 너다

내소사(來蘇寺) 손님

눈꽃 가득한 기억을 털고
멀리서부터 그가 온다
아침나절 자욱했던 안개를 걷고
빽빽한 전나무 숲의 아득한 겨울 전설은
낮은 곳에서부터
먼 바닷길로부터
그리움의 깊은 곳에서부터 오는 바람을 따라
가지에 남은 잔설을 떨다
겨우내 산사를 지키던
목탁소리 운판소리 목어소리 그리고 범종소리
붉다가 푸르다

붉은 빛의 사람들
— 황토고원 1

경계가 무녀진 붉은 곡선이 둘러싸 빚은 고원

굵은 물줄기 하나 길 없는 평원을 가르다

붉은 물 붉은 흙 그리고 붉은 벽돌집

마른 풀 더미 혹은 관목들 드문드문 무리 짓는

붉은 산 너머 비치는 석양 고원의 붉은 풍경들

수천수만 년을 흘러온 붉은 물길에 담겨

온통 붉다

하, 붉게 고운 이곳에

빛을 따라 사는

사람들이 있다

붉은 빛을 따라 대대손손 살아온

붉은 빛의 사람들

붉은 강에 수많은 세월이 떠내려오고

또 사람이 실려 가고

이 물길 끝에 날 닮은 또 다른 내가 있을 것 같다

붉은 고원
— 황토고원 2

고비사막을 닮아가는 붉은 고원은 둥글다
나는 이곳에 바람 없는 지도를 그린다
물의 기억은 없다
지평선도 없다
경계가 무너진 붉은 곡선을 따라 붉은 산
너머 다시 붉은 산
하늘은 열려 있고 구름은 파동친다

듬성듬성 바위는 뙤약볕 아래 더 검게 시들어가고
구부정한 관목 덤불의 초록은
앙상한 거웃처럼 여위어가는 여름
메마른 흙바닥에 납작 엎드린
붉은 벽돌집 낡고 성긴 창틀 사이로
빛이 쏟아진다

고원의 숨소리
― 황토고원 3

길이 끝나고 다시 길이 열리는 곳에 울리는
고원의 숨소리, 거친 들숨과 날숨
자작나무를 닮은
호양나무 하얀 몸통의 두근거리는 고동소리
귀 기울여 들으리니
붉은 고원을 적시는 꿈은
마른 협곡에 섬처럼 피어난 푸른 밭 한 뙈기
혹은 물과 바람에 대한 아득한 기억

가파른 비탈에 아슬아슬하게 비켜선
붉은 빛의 산란,
고원이 가득하다
멀리 가파른 비탈에 선 염소 한 마리
매에― 하고 울다

산벚나무 그늘

봄과 겨울을 넘나드는 계곡물도 마른 산마루
늙은 산벚나무에 앉은 산탁목 한 마리
봄을 두드린다
따다다닥— 따다다닥—
너무 일찍 피었다가 꽃망울째 언
노오란 산수유 다시 움트라고
켜켜이 찌들고 비탈진 기억들 다 털어버리라고
따다다닥— 따다다닥—
한참을 쪼고 두드리고 비비던 탁목조
낯선 기척을 느꼈는지 훌쩍 날아가고
몸통 굵은 산벚나무 그늘에 바람 든다

내일 아침,
늙은 산벚나무 꽃차례에 연분홍 봄 오르겠다
무리져 만발하겠다

여름 숲

초여름 숲의 침묵을 가르고 참매 한 마리 날다
하늘을 향해 굵은 줄기를 곧게 뻗은 교목가지의 둥
지 위로
날카로운 금속음을 내며 홀로 허공을 크게 배회하
는 어미는
시베리아에서 왔을까
아니 더 멀리 대륙을 건너왔을까
하얀 솜털 새끼의 서툰 날갯짓 그리고
가냘픈 소리를 삼키는 정적
숲은 여름을 깊이 품고
길은 멀다
아비는 없고 홀로 선 새끼는
이 여름의 끝에 황갈색 날개를 펴고
다시 돌아오지 않을 길을 떠나리니

잡목 우거진 숲 너머로 남한강을 가로질러
다시 보라매 한 마리 멀리 날다

아래

모래언덕 아래
'바람아래'
그보다 더 깊은 곳으로부터
해무는 점점 짙어가고
방포항 지나 꽃지다리 너머로
시커멓게 아랫도리를 드러낸
작은 섬, 둘
물결 따라 바람결 따라
점점 뿌옇게 얼굴 흐리는
여름 같은 봄날 혹은 봄 닮은 여름날
해마다 느는 건 주름과 약력뿐이라는
늘 당당하기만 한 그들을 뒤로하고
내내 말없이 걷는
이 길 끝에 성돌 두른 담집이 있을 것 같다
그 집 돌담에 기대어
성긴 머리칼을 쓸어 올리며
나를 떠받쳐온 아랫도리 같은 이력을 멈춰 세우고
생략 없이 살아온 날들의 기억을 지워버리고 싶다

모래 더미로 바다 안개로 다 덮어버리고 싶다

꽃지섬 밑동에 물이 차고
곧게 뻗은 해송 숲 아래로부터 초록이 오른다

피끝마을 돌우물

부석사에 가시거든 혹은 다녀오시거든
부석사 배흘림기둥 자태에 취하고
무량수전 왼편의 아름답고 슬픈 뜬바위 전설을 찬
찬히 듣고 보셨거든
오며 가며 스치는 이곳에 꼭 한 번은 들르셔야 합니다

빽빽이 들어찬 기와집 처마 밑으로만 걸으면
풍기까지 비를 피해 다녔다는 영남 제일의 순흥도
호부
그 자취, 그 기억은 위리안치(圍籬安置)* 이전과 이
후만 있습니다
탱자나무 가시 울타리가 날카로운 입을 쩍 벌리고
둘러싼
작은 돌우물 깊은 곳에서
선왕의 여섯째 아들은 울고 울어
그의 동지들도 그렇게 수백 년을 울어

그날 이후 삼십 리 안팎에 인적이 끊기고
피에 젖은 붉은 눈물 죽계천 이십 리를 흘렀다는

순흥땅 피끝마을은
작은 향교를 지나 오래된 다리 건너에 있습니다
가시나무 울타리가 물고 있는 서슬을 가리려는 듯
가지런히 쌓은 돌탑
돌우물의 깊은 울음소리 덮으려는 초가지붕

마른 나무들이 쿨럭이는 겨울 저녁
부석사에 가셨거든, 선비촌 소수서원에 들르셨거든
소백산 자락 작은 마을의 깊고 붉은 그늘을 보셔야
합니다
핏빛 서린 금성대군의 아픔보다 더 그늘진
억센 탱자나무 가시 끝에 걸린
해질녘 겨울 들판이 차마 삼키지 못한
슬픔과 분노와 황량함
그 여울진 풍경을 놓치셔선 안 됩니다

* 처형 전까지 가시나무 울타리 안에 가두어놓는 유배형으로 왕족
  이나 고관들에게 내려지는 가장 중한 형벌이다.

사막에 피는 꽃

중원의 서북 사막 고비*는 진행형이다
끝없이 바스러지는 거친 흙덩이와 돌멩이
등 위에 커다란 두 개의 봉우리를 숙명처럼 짊어진
순결해서 슬픔의 깊이를 알 수 없는
낙타의 두 눈망울에 어린
돌아가지도 돌아올 수도 없는 타클라마칸

정오의 고비사막
너무 아름다워서 지금은 아무것도 살 수 없는
바람의 서쪽,
사막을 건너 아득한 기억을 실어 나르는 낙타는
거대한 내륙호의 아주 오래된 기억이 응결된
사막에 피는 붉은가시꽃 낙타자(駱駝刺)**를 삼킨다
온몸에 사나운 가시를 두른 날카로움을 핥으면
팥 알갱이만 한 작은 꽃망울 더욱 붉게 물들고
피투성이가 된 입으로 꼭꼭 씹고 짓이기다가
차마 벌어지지 않는 슬픔의 목구멍을 열어
너무도 아픈 사막의 상처를 삼키면

새파란 가시는 예리하게 식도를 긁고 위를 파헤쳐
마침내 붉은 물
내장 가득하다

피로 핥고 씹고 삼키는
고통을 건너는 사막의 꽃 낙타가시초
아득히 먼 신기루 거친 모래바람의 끝에 어리어 있다

바람이 잦아들고
어디선가 맑은 물에 우린
향기 그윽한 차 따르는 소리 울리면
낙타는 그 기억을 잊지 말라고
다시 붉은가시꽃을 씹고 삼키고
또 꺼내어 다시 씹고 삼킨다

* 몽골의 고비사막과는 달리 작은 돌덩이와 마르고 거친 흙으로
  사막화된 중국 서역 지방을 가리키는 보통명사.
** 로투어츠, 우리말로는 낙타가시초라고 하는 사막에서 생장하
  는 가시가 있는 관목.

빈 산

여름에 지친 초록물이
서늘한 바람을 부르는
텅 빈 산

뱀 한 마리
맑은·계곡물을 거슬러 오른다
삼각의 머리를 반쯤 물 밖에 내어놓고
온몸을 좌우로 좌우로 구부려 흔들며
역행하는 힘찬 유선의 유영
어디로 가시는가

물안개 그득한 호수
반쯤 몸을 담근 왕버드나무가
듬성듬성 거리를 두고 이룬
나무들의 섬, 섬들
누구를 기다리는가

빈 하늘에 뭉게구름

잔영이 되어 고인
좀처럼 지워지지 않는 숨은 그리움
비어 있는가 혹은 늦지 않았는가

바위채송화 솔나리 굴참나무 굴피나무 망개나무
아직 아름다운데

지도에 없는 집

지도에 없는 길 하나를 만났다
엉엉 울며 혹은 치미는 눈물을 삼키고 도시로 떠난
지나간 사람들의 그림자 가득해
이제는 하루 종일 오는 이도 가는 이도 드문
한때는 차부였을지도 모를 빈 버스 정류소

그곳에서 멀지 않은 비포장길
지금 어디에 있다고 너 어디로 가야 한다고
단호하게 지시하던 내비게이션 소리도 멈춘 지 오래
텅 빈 인적 없는 한적함이 두려움으로 찾아드는
길섶에 두려운 마음을 접고 차를 세웠다

오래전 서낭신이 살았을 법한 늙은 나무를 지나
교목들이 이룬 숲에 노루 울음 가득한 여름 산길
하늘엔 잿빛 날개를 편 수리 한 쌍 낮게 날고
투명하고 차가운 개울 몇을 건너
굽이굽이 난 길이 더는 없을 법한
모퉁이를 돌아서도 한참을 더 걸은 뒤

고즈넉한 밭고랑

황토 짓이겨 벽 붙이고 슬레이트 지붕을 얹은 곡식
창고

함석지붕을 머리에 인 처마가 깊은 집이 있다

산나물이 들풀처럼 자라는

담도 길도 경계도 인적도 없는 이곳은

세상에 대한 기억마저도 비워낸 것 같다 그래서

지도에 없는 길이 끝나는 그곳에

누구도 허물 수 없는 집 한 채 온전히 짓고 돌아왔다

겨울, 자작나무 숲에서

붉은 금빛으로 온통 물들던 숲에
혹독한 바람 불어 불어
겨울,
날카로운 선으로 서다

낙엽송마저 마지막 잎을 다 떨어뜨린
텅 빈 산에 우우— 앙상한 울음
문득 멈추고 눈부시게 하얀 알몸으로
울울창창 자작나무 무리 지어 있다

예 어디쯤 주렁주렁 돌기와 인
당신 닮은 등 넓은 너와집 한 채 있어
둥치부터 하얗게 홀로 빛나는
자작나무 숲 장엄한 그늘에 기대어 몸 들였다

지붕 낮은 집 굴뚝에 연기 올리고
눈 덮인 산마을에 햇볕 한 줌 불러내리니
쩡— 쩡— 갈라지는 계곡 깊은 얼음소리의 울림

이제는 다 잊었다고 믿었던 지난 사랑 더듬으니
손목 아래 동맥을 스치듯 살짝 비켜 간
불에 덴 자국
좀체 지지 않더니
자작나무 그늘 아래 눈꽃처럼 환하게 웃다

한반도에서 겨울을 나는 철새들

초겨울, 다시 들과 습지와 강과 만을 가득 메운
수만의 철새들은 하나같이 양쪽 날개로 난다
시커멓게 물든 들판이 거대한 물결로 소용돌이치듯
제각기 땅을 박차고 물살을 차고
두 날개를 곧게 펴고
마침내 온몸으로 온몸으로
일제히 올랐다 내려앉는
어떤 충돌도 망설임도 없는 새 떼들의 비상

바이칼호에서 몽골고원에서 혹은 아무르강에서 시
작되어 한탄강에서 천수만에서 금강하구에서 순천만
에서 주남저수지에서 그리고 남도의 간척지에서 겨울
을 나는 새 떼들의 이동과 망명과 귀향
　수천만 년을 반복하는
　그러나 단 한 번도 같지 않은
　재두루미 날개를 펴고 첨벙대는 빛나는 새벽, 고니
가족 무리 지은 정오의 나들이, 해바라기하는 말똥수
리의 게으른 오후, 먹이를 찾아 눈을 번뜩이는 말똥

가리의 저녁, 상처를 딛고 둥지를 튼 뿔논병아리의
짝짓기, 뭉툭한 부리로 서로의 털을 고르는 저어새의
사랑, 검은 댕기머리 날리는 홀로 남은 호사비오리의
유영, 겨울 하구를 새까맣게 물들이는 가창오리 떼의
군무, 큰기러기 쇠기러기 고니 청둥오리 검독수리 고
방오리가 그렸다 지우고 다시 그리는 쓸쓸하고 애틋
하고 슬프고 하여 가슴 저미게 아름다운 메마른 겨울
의 수묵화

오늘 밤, 이 모두를 품은 개활지에 눈 가득히 내리니
은빛으로 깊어가는 겨울 하늘 그으며
나, 양쪽 날개를 가지런히 펴고 날아오르리니
내내 무정형한 군무로 말하리니
들어주겠는가, 당신

배롱나무 꽃그늘 아래 피다

여름의 끝에 붉게 매달린
남도 배롱나무 꽃엔 저항이 숨어 있다
녹음 가득한 숲에서
펑— 펑—, 꽃망울을 터뜨리며
피고 지고 다시 피고 지기를 일백 일
마침내
여름 숲을 빨갛게 물들이는
선홍색 꽃들의 저항
지난여름 타클라마칸 너머
오래된 황토빛 고원 마을에서 만난
목총을 든 신강-위구르 소녀의
표정 없는 얼굴
그 잔영이 오랫동안 떠 있다
지리한 혹은 잔혹한 긴긴 여름을 딛고
비바람 불어도
뻥튀기처럼 붉게 더 붉게 세 번은 터뜨리는
꽃그늘 전설 피었다

설국

사흘을 내리는 눈,
하늘로 치솟은 전나무 숲 하얗게 물들다
늙은 산사는 푸르게 혹은 붉게 물들었던 기억을 놓고
산문은 이쪽과 저쪽의 경계를 지우다
앙상한 나뭇가지 끝에 걸린 겨울바람
윙윙— 돌아 시리게 명치끝을 저미어오다
먹먹하다

멀리 인적 드문 간이역 숨죽여 맞는
목덜미까지 차오르는 눈 덮힌 어둠
푸르고 흰 바람의 그림자
숲의 나라로 천천히 들어간다
이 밤 다시 눈과 나무들 뒤엉켜 몸서리쳐오리니
한 사흘 더 눈 내리면
그리움마저 몸살 나겠다

밤의 바닥까지 하얘지겠다*

* 가와바타 야스나리, 『설국』 도입부 일부 변용.

겨울나기, 홀로

몇 해 전 분양 받은 토종 민물고기들의 동태가
며칠째 심상치 않다
연신 물 위로 올라와 가쁜 숨을 쉬어대더니
초겨울 낮달이 시린 날
모래무지 한 마리 배를 하늘로 하고 떠올랐다
그리고 다시 또 한 마리

색종이로 접은 종이꽃
재떨이 위에 차곡차곡 쌓고
머리가 빨간 성냥을 그어 불을 놓아야겠다
오늘 밤,
종이꽃 더미 위로 쏘아 올린 불꽃 따라
누군가 올 것만 같다

문 열어라
다시 홀로 남은 내 온몸이 비리다

벌목장에서

톱날이 쓸고 간 그루터기 위로
다시 생명이 움트고
마침내 붉은 꽃 한송이 피었다
쓰러진 상처를 딛고 핀 희망
죽음을 딛고 일어선
그 굵고 선명한 눈물

옛날 사람

때론 사랑이 시들해질 때가 있지
달력 그림 같은 창밖 풍경들도 이내 무료해지듯
경춘선 기차 객실에 나란히 앉아 재잘거리다
넓은 어깨에 고개를 묻고 잠이 든 그 설렘도
덕수궁 돌담길 따라 걷던 끝날 것 같지 않은 그 떨림도
북촌마을 막다른 골목 가슴 터질듯 두근거리던 입맞춤도
그냥 지겨워질 때가 있지
그래서 보낸 사람이 있지

세월이 흘러 홀로 지나온 길을 남몰래 돌아보지
날은 어둡고 텅 빈 하늘 아래 드문드문 가로등불
오래된 성당 앞 가로수 길에 찬바람 불고
낙엽과 함께 뒹구는 당신 이름, 당신과의 날들
빛바랜 누런 털, 눈물 그렁그렁한 선한 눈망울
영화 속 늙은 소 같은 옛날 사람
시들하고 지겨웠던, 휴식이고 위로였던 그 이름

늘 내 안에 있는 당신

이제 눈물을 훔치며 무릎을 내미네
두근거림은 없어도 이런 것도 사랑이라고

10의 아이들

10의 아이들 혹은
그의 새끼들
9, 8, 7, 6, 5, 4, 3, 2, 1, 0

제3부

나를 닮은 얼굴들

질퍽한 산림과 메마른 사막의 드넓은 경계
멀리 눈 덮힌 거대한 알타이산맥 아래 초원
열려 있으나 올곧고 막힘없으나 여유로운 길
소 떼들 양 떼들이 먼지 풀썩이는 열린 평원
가랑비 내린 후 물감을 풀은 듯 푸른 기운 번지다

혹독한 계절을 타고 풀과 물을 따라 유목하는
길 위의 사람들에게 아득한 시절의 내가 있다
말을 타고 건넌 초원과 사막과 호수와 강의 기억들
카스피해와 시베리아설원
카자흐초원과 알타이산맥
몽골사막과 대흥안령 그리고
아무르강 송화강을 품은
북방 대륙을 가로질러온
나를 닮은 검은 얼굴들이 있다

가없는 대륙에 맨 처음 길을 연
영혼이 자유로운 사람들

아버지의 사진첩

삼십 주기 기일을 며칠 앞두고 낡고 해진 아버지의
사진첩을 편다
그곳의 빛바랜 시간은 더디게 가기도 하고 멈추기
도 하며
때론 흐트러진 사진들 틈새로 기억의 문이 열린다

동구에는 등 굽은 늙은 느티나무와
초여름 하얀 포도송이 같은 꽃을 피우는
키 큰 오동나무, 그 너머 멀지 않은 곳에 철길이 있다
기차는 하루에 한 번 혹은 두 번 지나가고
철둑 따라 나란한 신작로에는 꽃들이 계절을 바꾸
어 피었다 지는데
너무도 오래 닫혀 있던 흑백사진들이
세월의 기억을 따라 아주 천천히 흘러간다
외아들을 먼저 보내고 이십여 년 넘게 한숨 속에
더 살다 간
초로의 조부모, 처녀티를 미처 벗지 못한 새댁
어머니와 숙수그레한 고모들, 아직 사내인지 계집

아이인지

　구분할 수 없는 나와 어린 누이, 아픈 갓난아이를 안고

　길을 막아 전주행 직행버스를 세운 콧수염 기른 아버지

　읍내엔 새마을운동 땐가 초가지붕 뜯어내고 얹은

　슬레이트 아래 검고 붉은 간판 글씨의 구거리잡화와 학성이발관

　구거리잡화는 구거리수퍼가 되고, 수퍼집 딸은

　시집가 아이 엄마가 되고, 솜리 모자집 아들은

　서울로 유학을 가고,

　아들 학성이가 어느새 며느리를 들였어도

　그래도 증손을 볼 때까진 끄떡없다며

　팽팽히 가죽끈 잡아당겨 면도칼을 다듬는 이발관 할아버지

　그림자같이 달라붙어 떨어질 것 같지 않던

　사람들, 그 풍경들

이제 낡은 사진첩도 점점 누렇게 얼굴을 흐리고
접착면의 끈기도 무뎌져 시간을 가두어두었던 손을
자꾸 놓아
얼마 더 지나면 아스라이 잡은 기억의 끈도 영영
놓겠지만
시간이 그림이 되어 멈추는 그곳에서 느리게
느
리
게 살았으면,
다시 그렇게

텔레비전, 박치기왕 김일

매일 저녁 흑백텔레비전에선
'햇님 아들' 서부소년 차돌이의 나쁜 무리 물리치
는 모험이 펼쳐졌고
주말이면 검정색 팬티 차림의 빡빡머리 레슬러가
우리를 열광으로 이끌었어
상대적으로 왜소해 보이는 하지만 단단한 빡빡머리
레슬러
내내 수세에 몰리던 그가 어느샌가 벼락같은 박치
기를 몇 번 번득이면
그보다 머리 하나는 더 커 보이는 거구들이 사각의
링에서 나뒹굴었지
안토니오 이노키도, 자이언트 바바도
그리고 수많은 노랑머리 거구들도
그 앞에선 그렇게 침몰했어
그가 김일이야

일본 레슬러의 날카로운 당수에, 드롭킥에
혹은 비열한 반칙에 뒹굴고 비틀거리다가도

간신히 몸을 가다듬은 그가 뿜어내는 멋진 박치기
몇 방이면
그래, 그걸로 끝이었어
장충체육관이 떠나갈 듯이 작은 흑백텔레비전이 날
아갈 듯이
나는 우리는 아니 우리 시대는 그렇게 열광했어
그는 우리의 위안이었고 희망이었지
어쩌면 나는 그런 사내가 되고 싶었는지도 몰라

역도산이란 이름 석 자를 가슴에 품고
맨몸뚱이로 밀항한 조선인 청년에서
거대한 부와 명예를 움켜쥔 제후가 되었다가
다시 빈손이 되어 외롭고 쓸쓸히 말년의 병상을 지
켰대
그는

박치기 왕의 박치기는
내면의 상처를 끌어 올리는 고통이고 슬픔이었을

거야
　새끼줄을 칭칭 동여맨 나무 기둥에 혹은 쇠기둥에
　수백 번씩 머리를 박고 또 찧고
　―그럴 때마다 머릿속엔 큰 종소리가 윙윙 울렸대
　터지고 찢어지며 쇳덩이처럼 단련된 이마
　보다 강하게 더욱 거세게 상대의 머리를 찍을 때
　그는 존재했어
　그리고 군림할 수 있었지
　―그럴 때마다 머릿속엔 더 큰 종소리가 윙― 윙―
울렸대
　그건 생존을 위해 생명을 조금씩 덜어내는 것이었
을 거야
　그가 가장 하고 싶지 않은 것이 박치기였을지도 몰라

　수많은 악당들과 반칙왕들을 차례로 잠재운
　절대 선이었던 그는
　일본에선 관중들이 뱉는 침 세례를 마다하지 않은
　악당 조센징이었다지

그는 정말 영리한 야수였을까

그런 그가 죽었대
머릿속이 징징 울리는 초라한 병상에서
박치기 증후군으로 몇 년을 병상에서 보내다가
내내 몸을 가누지 못하고
가끔씩 그를 찾는 사람들의 추억을 되살리며
그렇게 잊혀져가며

레슬링이 쇼였다고?
그건 중요하지 않아
그는 내 유년의 꿈이었거든
그 후로 와지마 고이치의 무릎을 꿇린
세계 챔피언 유제두도
파나마에서 네 번을 쓰러지고도 일어나
저승사자 카라스키야를 가라이새끼야로 만든
홍수환의 사전오기 신화도
주름문을 열고 펼쳐진 사각의 진공관 상자를 가득

메운

　지금은 아련히 흑백으로 빛나는 기억들의 출발점
이야

　그는 챔피언이야
　세계를 처음으로 제패한
　아니 내 첫번째 세계 챔피언이야
　흑백텔레비전을 껐을 때 한참을 잔영처럼
　남는 하이얀 초점처럼
　오래도록 사라지지 않는

그리운 청년, 최일남

대학신문 이 년차 겨울방학, 자기 이름을 단 기명 칼럼 작성을 앞둔 학생 기자들은 연탄난로를 피운 편집실에 모여 각자 닮고 싶은 신문 칼럼들을 필사했다 살을 에는 듯한 삭풍에 맞서 하얀 손에 입김을 불어넣으며 바닥에 뒹구는 마른 나뭇잎이라도 무기 삼아 겨울 하늘 한 귀퉁이라도 겨누어 깊숙이 찌르고 싶던 섬뜩하기만 한 시절 한 선배가 던져준 날짜 지난 신문 뭉치를 넘기며 최일남 칼럼을 읽고 또 베꼈다 절로 웃음을 머금게 하는 해학 속에 흔들리지 않는 어떤 서늘함이 가슴속 깊이 박혀왔다 텁텁하고 걸쭉한 탁배기 같은 입담에 실은 결코 첨예함을 잃지 않은 그의 글을 옮겨 적은 이백 자 원고지 붉은 칸의 삐틀삐틀한 자간과 행간을 오가며 그해 겨울을 났다 수양버들에 물이 오를 무렵 나는 그의 글을 아니 그를 닮고 싶었다 그리고 한참을 지나 만난 그는 신문쟁이가 아닌 노년에 접어든 소설가였고 나는 일을 핑계로 학동, 그의 동네를 무시로 찾았다

#1

강남구청 앞 한식당 이조,
작고 소탈해 뵈는 어느새 이순을 훨씬 넘긴 작가는
점심상을 두고 마주한 문청의 끝 모를 질문에
그저 넉넉한 웃음을 보태주고 있었는데
일하는 아주머니가 밥상을 물리며 물었다
"준비할까요?"
황급히 손사래를 치며 그는
"아니 아니, 오늘은 안 쳐. 젊은 청년 이야기 들어
줘야 돼."
　신문사 그만두고 가끔 옛 동료들과 점심 먹고 소일
하던 그 비빔밥집
　두툼한 담요를 가운데 펴고 화투장 펼쳐 들어
　선생과 광광 꽃놀이 하고 싶었다
　만년의 그처럼 환하게 웃고 싶었다

#2

고교 시절 하굣길에 들르던, 전자오락실이 있던
한양쇼핑센터가 명품관 갤러리아백화점이 되고 로
데오거리가 된
그 길목 어느 칼국수집에서 점심을 마치고 선생이
물었다
"맥도널드 가서 커피 한잔할 텨?"
"아니, 맥도널드도 가세요?"
"이 사람아, 내가 압구정동 늙은 오렌지인 거 몰러?"
빨간 플라스틱 의자에 마주 앉아
그가 손녀딸을 데리고 종종 들른다는 사실을 알았다
"딸은 다 좋은데 애써 키워 시집보내고도 애프터서
비스를 해줘야 한단 말이야. 그것도 보증기간이 꽤
길어요."

#3

선생이 고희를 지나고도 한참 후엔가 전화를 드렸
을 때
댁에서 뵈었던 키가 훤칠하고 고운 모습 그대로인
부인께서 자상하게 전화를 받았다
인사를 드리고 선생을 청하자 수화기 너머로 들려
오는 소리
"일남 씨, 일남 씨, 전화 받으세요……"
그날 수화기를 붙잡고 한참을, 한참을 소리 내어
웃었는데
"……이 사람, 싱겁기는. 이러고 사는 거 처음 보
나……"

세상에 하나밖에 없는 사내
세상 첫번째 남자
영원히 아름다운, 웃음 많은 내 가슴속 그리운 청년
ー男씨

아직 연습이 필요하다
—이청준 선생께

그날 이후
몇 번을 망설이다 그의 집을 찾았다
초여름, 남색 털모자를 반듯이 눌러쓴 그는
이제 약을 끊었다고 선언하듯 말했다
평생 거짓 이야기로 세상을 현혹한 죄와 벌에 순응
키로 했다고

가끔 세상은 불가능한 공존을 요구한다
몸무게를 늘리라고 하고서는 도통 입맛을 없애고
운동을 하라 하고는 일어설 기력마저 없애는
혹은 무언가 말을 해야 하는데
도무지 말문이 트이지 않는 정적
내내 창밖을 바라보는 그의 시선을 따라
녹음이 점점 더 짙어졌다

요즈음은 헤어지는 일을 한다고 했다
누구를 만나든
내 마음에서 그를, 그 마음에서 나를 지우는

상처 없이 그러나 단호하게

배꽃 분분히 날리는 일자산 자락 습지 어스름 길
가슴 아래 한 귀퉁이가 아련히 아려오는
참을 수 있을 법한,
좀체 지워질 것 같지 않은 통증이 동행해왔다
더 늦기 전에 남도 여행 한번 다녀와야겠다
아직 연습이 필요하다 나는

발칸에서 부치는 편지
─ 이스마일 카다레로부터

나는 손님을 중시하는 나라에서 태어났으나 만년(晩
年)을 나라 밖에서 떠도는 손님으로 지냈지요 명예를
지키기 위한 복수로써의 살인 카눈은 알바니아 고원
지대의 오랜 관습이지요 제2차 세계대전 전까지 남아
있던 그것은 열정이 아니라 숙명이지요 일정한 거리
를 두고 신호를 하는 거리를 둔 죽음의 법칙

이제 너를 쏜다고 가문의 명예와 복수가 담긴 이
총탄이 다시 나를 향해 날아오겠지만 그래도 이 순간
너를 향해 메마른 분노를 실어 방아쇠를 당긴다고 그
리고 살인자는 희생자의 장례식에 참석해야만 하는
피해자가 가해자로, 가해자가 희생 예정자로 신분이
뒤바뀌는 견디기 힘든 아이러니와 운명의 시간 더 큰
연쇄, 대량 살인을 막는 냉정의 장치 카눈

그날 이후 발칸반도에서 최소한의 규범은 사라졌어
요 4월이었어요 시위가 있었고 그리고 인종 청소로
이어졌지요 4월이었어요 비극의 메커니즘은 그렇게
사라졌어요 그래요 4월이었어요

아직도 이곳엔 피의 잔흔이 남아 있어요 육백 년 전의 지배자가 희생자가 되고 피지배자가 학살자가 된 지워지지 않는 살육의 코소보 사람들은 날마다 울면서 전화를 해요 수백 년 전의 일로 왜 이렇게 죽고 죽이느냐고 낡고 허물어져 사라진 줄만 알았던 중세의 성으로 어느 날 되돌아온 것 같다고

어쩌면 우리 모두는 아가멤논의 아이들일는지도 몰라요 아버지의 복수를 위해 어머니를 죽여야 하는 언제부턴가 형제를 이웃을 닥치는 대로 마구 죽여대는 발칸의 아이들 이 숙명 같은 굴레를 어떻게 해야 하나요 발칸은 아가멤논일지 몰라도 이들은 오레스테스도 이피게니에도 아닌데 나는 늙은 망명 작가일 뿐인데

멀리서 누군가 나를 불러요 두려워요 고개를 돌리면 봄처럼 몸이 들리고 모든 게 산산이 흩어지고 부서져나갈 것 같은…… 4월이에요

북방에서 온 사내

지난가을 한중 교류에서 만난 중국 작가단의 『민족
문학』 부주간 리샤오밍은 낯익다 어디에서 본 듯하다
햇볕에 그을린 듯한 검고 각진 얼굴에 굵은 수염 강
인해 보이는 그는 사람 좋은 웃음으로 빙그레 웃기만
하더니 헤어지기 전날 밤에서야 자신이 북방에서 온
만주족이라며 녹색 헝겊을 덧댄 작은 종이 상자를 건
넨다 1996年夏撿平遙寧桓仁"五女山"遼·金瓦片이라
고 볼펜으로 또박또박 눌러쓴 집게손가락만 한 누런
갱지 조각과 작은 기와 조각 두 개가 뜨겁게 나를 부
른다
　작은 돌조각 두 개에 실린 아득한 북방의 기억
　광활한 대륙을 뜨겁게 뜨겁게 내달리던 사람들

요령성 환인현 오녀산에서 온 낯선 서늘한 기운을
뿜어내던 사내는 만주어는 잃었지만 이백만 명으로
삼 억의 대륙을 점령한 자랑스러운 만주족의 후예임
을 잊지 않는다고 했다 몇 해 전 발굴을 시작했지만
아직도 아무나 쉽게 갈 수 없는 오녀산성의 옛 이름

은 흘승골성(紇升骨城)이라고 손바닥에 써주던 그는
그곳에서 가져온 붉은 기운을 머금은 기와 조각에 북
방의 꿈이 실려 있다고 했다 그 꿈을 나누고 싶다고
했다
　불쑥 솟은 북방 대륙 분지 위에 세운 고구려인의 첫
도읍
　수천 년 동안 산성 천지 물을 나누어 마셔온 요(遼)
와 금(金), 북방의 사람들

　내내 추위를 머리에 이고 살아온 이들의 후예로서
와락 그를 끌어안았다
　뜨거운 가슴으로 오랫동안 꼭꼭 품어주었다
　꼭 한 번 환인의 졸본천 따라
　이끼 긴 북방 오녀산 흘승골성에 같이 가자고 했다

남산목장 신강-위구르 여인

우루무치에서 버스로 두 시간여 그림에서 본 듯한 아름다운 남산목장에 갔어요 마부는 비단 수건으로 얼굴을 가린 파란 눈의 신강-위구르 여인 수줍게 같이 타도 되느냐고 손짓하더니 조심스레 등 뒤에 올라 고삐를 잡았지요 말 잔등 위에 나란히 올라 눈이 시리게 푸른 초원을 달렸어요 말 달리는 파동을 따라 등 뒤로 온전히 전해오는 벽안의 섬세한 손길과 몸을 느끼며 그렇게 한몸이 되어 한참을 더 달렸지요 간간이 콧노래 흥얼거리던 그녀 얼굴 한번 꼭 보고 싶었는데 말 한번 건네고 싶었는데 말에서 내리자 주춤주춤 인사도 하는 둥 마는 둥 수줍게 얼굴 돌리며 그렇게 헤어졌지요

몽골포 한 채에 자리를 틀고 양 한 마리 잡아 살코기와 심장, 신장과 성기를 차례로 구운 꼬치로 요기하고 천막촌 사이를 어슬렁대는데 저만치서 여전히 수건으로 얼굴을 가리고 풀밭에 앉은 그녀가 있었지요 푸른 풀밭을 엉금엉금 기는 한 사내아이를 안아 젖을 물리는 그네의 눈부시게 하얀 젖무덤을 넋을 놓

고 보았지요 왠지 그녀가 아내 같고 아이가 아들 같
습니다 천장이 동그랗게 뚫린 몽골포 안으로 해맑은
햇살이 가득하고 무엇인가 불끈합니다

탈북 캐디 이소희

여주군 가남면 국도변 어느 여주쌀밥집,

베이지색 유니폼에 늦은 점심인지 이른 저녁인지를
서두르는 젊은 여인이 있네 챙이 깊은 모자를 옆에
두고 가슴엔 이소희라는 명찰을 단 근처 골프장 캐디
인 듯싶은 그네 말씨에 뜻밖의 북관 말이 섞여 있네
북쪽 어디서 왔느냐고 말을 건넸더니, 잠시 주저주저
하더니 반도 최북단 항구도시 함흥서 왔다고 하네 거
기서 나고 자랐다고 한 시간 남짓 거리 파인과 용악
의 고향 경성으로 소풍 다녔다는 그네 세 해 전 열일
곱, 두만강 건넜다고 하네 부모 형제 두고 홀로 왔다
고 하면 무시 받을까 두려워 가족과 같이 왔다고 한
다네 북관은 듬성듬성 썬 돼지고기를 얹은 메밀국수,
거칠게 썬 오이와 무를 비빈 감자냉면과 온면, 지단
을 올린 강냉이국수가 좋다는 너스레를 가로막는 그
네 이제 남쪽 사람이 된 줄 알았는데 어떻게 단박에
북쪽 말씨를 알아챘느냐며 좀체 경계심을 풀지 않더
니…… 남쪽에서 가장 힘든 일은, 부모 형제 그리운
것보다 더 어려운 일은 말씨를 고치는 것과 북에서

왔다는 사실을 숨기는 일이라네 너무 배가 고파서 울
며 울며 꽁꽁 언 시린 겨울강 홀로 건너 먼 길 돌아
돌아왔더니 이젠 앞이 보이지 않는다 하네
　총총히 홀로 밥집 문을 나서는 작지만 단단한 그네
　참을 수 없이 가볍기만 한 내 호기심이, 입놀림이
더없이 부끄럽기만 하네

인사동 시인학교

3월 첫날, 인사동에 눈이 내린다

월드컵을 꼭 일백 일 앞두고 쓰레기 매립장 위에 세운 축구 경기장을 가득 메운 사람들 그들의 머리 위로 눈꽃이 어렸다 하얀 눈발 사이로 붉은 옷을 입은 선수들은 적진을 향해 내달렸으나 좀처럼 골을 넣지는 못했다 사람들의 뽀얀 입김이 탄성이 되어 상암동을 에워쌌고 그 시간 인사동에는 김종삼의 시 제목을 딴 술집 시인학교를 살리자는 전시회가 열렸다 전시장을 가득 메운 화가와 도예가들 축사를 맡은 육순의 시인은 시인학교에 출석했던 그 많던 시인들은 다 어디에 가고 보이지 않느냐고 안타까워했다 도예가들의 웃음소리와 노랫소리로 가득 찬 뒤풀이장의 낡은 미닫이문 틈새로 김종삼과 인사동 시인학교에 이름을 올렸던 얼굴이 하나둘씩 흘러갔다

길 건너 전면이 유리로 된 현대식 화랑에서는 국립대학교수인 동명의 시인과 화가가 문명을 비판하는 전시회를 열었다 시인은 사람들이 그림만 보고 시를 보지 않는다고 아니 그림만 보이고 시는 보이지 않는

다고 현대 문명의 천박함 혹은 경솔함을 슬퍼했고 화가는 사람들이 그림만 훑어보고 사지는 않는다고 문명에 앞서 자본을 비판해야 한다고 고개를 저었다 텔레비전과 신문을 장식하던 저명한 인사들은 축사를 마치고 이내 자리를 떴고 남은 사람들은 주변 사람들과 담소를 나누기에 분주했다

경기장과 텔레비전 앞에 운집한 사람들은 아직도 열리지 않은 상대편 골문을 안타까워하며 허공에 주먹을 날리고 열띤 얼굴에 상기된 표정을 감추지 못하는데 우리는 유난히 한적한 3월 첫날 인사동 거리의 텅 빈 전시장에서 오지 않을 사람을, 더러는 이미 가버린 사람들을 오랫동안 기다렸다

벌초를 하며

한여름 뙤약볕도 조금씩 사위어드는 날
한사코 따라나선 칠순 노모와 함께 사 남매가 벌초
를 나선다
전에는 경운기가 오르내렸던 기억을 더듬어
앞선 내가 워이— 워이— 큰 소리 내며
휘두른 낫은 허공을 가르며 사라진 산길을 찾는다
예초기 둘러메고 성묘 음식 담은 가방을 짊어지고
따르는 동생들을 돌아보며
이 일이 우리 세대의 마지막 유업일는지 모른다며

언제부턴가 불쑥불쑥 나타나기 시작한 산중의 칡들
이젠 아버지 산소 일대를 온통 뒤덮어 어디서부터
손대야 할지 막막하기만 한데
칡줄기를 걷어내고 칡뿌리를 찾아 뽑고 무성한 풀
을 베어내고 흐트러진 봉분을 바로잡고
여름 볕보다 더 지친 숨을 가쁘게 뱉어내기를 반나
절여
털썩 주저앉아

　　─어머이 아무래도 안 되것소. 한두 해도 아니고
점점 더 무성해져가는 이놈의 칡 땜시 못살것소……
남들 보기도 그렇고, 아무래도 날 받아서 이장해야
안 되것소

　　─아야, 그런 것만은 아니다. 너그 아부지 갑자기
간 지 이십육 년이 넘지 않았냐. 맨손으로 시작혀서
너그들 넷 그동안 별 탈 읎시 핵교 마치고 직장 잡아
돈벌이하며 결혼해서 새끼 낳고 이맨치라도 사는
게…… 다 너그 아부지가 너그들한테 미칠 세상에 얽
히고설킨 온갖 근심과 모진 풍파 여기서 이렇게 온몸
으로 다 끌어안고 있어서 그런 거이다. 구시렁거렸쌌
지만 말고 쉬었거든 옆 묏동 칡도 저만치 걷어내그라

　　임실군 둔남면 주천리 집성촌엔 인적이 없고
　　텅 빈 산엔 수풀과 칡만 우거져 무성한데
　　어디선가 예초기 기계음 메아리치고
　　손에 익지 않은 낫질을 하고 갈퀴로 풀을 걷어내는
　　사내들의 땀에 젖은 신음 소리만 간간이 들리고

연탄 두 장 막걸리 세 병

대대로 같은 성씨들이 모여 살았다는
이제는 어린아이 소리 들어본 지 오래인
여남은 가구 남은 집성촌 마을회관 어귀
낡은 흑백사진에서나 본 듯한
간판 없는 구멍가게에 들렀네
낯선 힘에 저항하는 미닫이문을
우격다짐하여 열고 들어선 가게
먼지 자욱한 엉성한 진열품 너머 회벽에 걸린 낡은
흑판
동네 사람들 살림살이 고스란히 담고 있네
삐뚤삐뚤 엉성한 글씨로 쓴 외상 장부
　　곽병호⋯⋯
　　곽효환/연탄 두 장 막걸리 세 병
　　⋯⋯ 목장갑 네 켤레

발음하기도 쓰기도 어려운
깨알 같은 글씨 가득한 한 뼘들이 전화번호부에도
인명록에도

꼭 하나뿐이던 내 이름,
수십 가구 작은 마을에
연탄 두 장 막걸리 세 병으로 존재하네

그것이 허세 없는 내 이름값이려니

제비제비

두 돌이 갓 지난 아기가
아빠와 새소리 놀이를 합니다
참새는 짹짹
까치는 깍깍
뻐꾸기는 뻐꾹뻐꾹
뜸부기는 뜸북뜸북
부엉이는 부엉부엉
소쩍새는 소쩍소쩍
제비는 ……
민재는 잠시 고개를 갸웃갸웃하더니
제비제비
이내 웃음보를 터뜨리는 아빠는
제비는 지지배배 지지배배,라고 일러줍니다
제비소리가 왜 지지배배인지
지지배배하고 우는 새가 왜 제비인지
아가는 알 수 없습니다
민재는 다시 또박또박 소리 냅니다
제비는 제비제비

아빠도 아가 얼굴에도 그늘 없는
여름날 오후가 환합니다

술값은 누가 내?

지난여름 오랫동안 사용해오던 유선전화 대신 들여
놓은 인터넷전화는 휴대전화를 갖지 못한 초등학교
오학년 민경이의 장난감이 되었습니다 친구들과 가족
들에게 문자도 보내고 아는 사람들의 전화번호를 저
장해두고 때때로 전화벨소리도 바꾸고
　전화벨소리가 울릴 때마다 전화기 액정 화면엔 입
력해둔 사람의 이름 대신 특징이 떠오릅니다

학습지 선생님이 전화하면 **시간 맞춰 오질 않아**
영어 학원에서 전화 오면 **숙제에 깔려 죽어**
빼빼 마른 이모 전화는 **야식 필수**
고모는 **감자 먹고 이빨 튼튼**
할머니는 **시기면 시기는 대로 혀**
엄마 휴대전화는 **잠자리보다 더 눈 많아**
아빠 사무실 전화는 **야근 없인 못 살아**
아빠 휴대전화는 **밖에서만 폭탄주 아홉 잔**
……
얼마 전 바뀐 새로운 아빠 휴대전화 닉네임은

술값은 누가 내?

가로세로 사 센티미터 남짓한 작은 액정 화면은
망망히 펼쳐진 푸른 말의 바다가 되었습니다

외출

전화벨소리 설핏 한 번 울리고 자지러든다
휴대전화 액정 화면에 덩그러니 뜬 어머니 전화번호
꾸욱 통화 버튼을 누른 전화기를 타고 넘어오는 가
늘고 힘없는 소리
"아무래도 병원 한 번 가봤으면 쓰것다아—침도
맞고 뜸도 떠봤는데 통 걸을 수가 없어야."
척추에 팔뚝만 한 쇠기둥 두 개, 집게손가락만 한
나사못 여섯 개를 박는 큰 수술 후에도 다시 병원을
찾지 않던, 고관절 수술 때도 자식에게 폐 끼친다고
혼자 입원했던 어머니가 먼저 병원을 가쟨다

일요일 아침 아니 그들식으로 안식일 다음 날
말끔히 리모델링한 휘경동 위생병원
키가 한 뼘은 줄어든 듯한 어느새 고희가 넘은 늙
은 어머니가
중년이 된 아들 손에 매달려 뒤뚱뒤뚱 힘겹게 걸음
을 뗀다
데면데면한 정형외과 진료실을 뒤뚱뒤뚱 나오며

"저 양반 어머니가 김밥 광주리 머리에 이고 아들 의사 공부시켰댄다."

골밀도 사진을 찍고 조형실을 뒤뚱뒤뚱 나서며

"저이 참 오래도 있다. 십팔 년 전 나 허리 수술 할 때엔 참 젊었더랬는데……"

표정 없는 간호사의 배웅을 받으며 뒤뚱뒤뚱 주사실을 나서면서

"안 바쁘냐. 나야 아들 덕에 호강한다만……"

다시 뒤뚱뒤뚱 진료실을 들르고, 뒤뚱뒤뚱 대기표를 뽑고, 수납하고, 처방전을 기다리며

"저 아그보다 우리 손주 인물이 훨씬 낫다. 안 그냐."

"안 되것소. 가벼운 등산용 지팡이 하나 사드릴 텡게 짚고 다니쇼."

"일없어야. 지금도 요로코롬 잘 걷는디…… 근디 얼매나 한다냐?"

열여덟에서 여덟 살까지 주렁주렁 사 남매를 두고 떠난 아버지 대신, 전라선 밤 기차를 오르내리며 건

설 현장의 억센 사내들과 부딪치며 조금도 물러섬이
없던 한없이 강하기만 했던 어머니 그 손에 대롱대롱
매달렸던, 그 흔한 아르바이트 한 번 안 시킨, 이제는
흰머리 희끗희끗한 아들 손에 한 할머니가 몸을 기대
어 뒤뚱뒤뚱 걸음을 옮긴다 주름 가득한 어머니 거친
손 꼭 붙잡은, 철들고 처음 하는 외출 겨울 끝을 녹이
는 화사한 햇볕 가득한 오후, 병원을 나서며 가슴 저
깊은 곳에서부터 치미는 주먹보다 더 큰 무엇을 꿀꺽
삼킨다

“뭐 자시고 싶은 것 없소? 내달에 또 오랍디다.”
“인자 괜찮다. 며칠 약 먹고 푹 자고 나면 좋아지지
않것냐. 근디 모처럼 아들 쉬는 날을 뺏어서 어쩌냐.”

나타샤와 려호

야스나야폴랴나 톨스토이의 목조 생가 앞
무성한 백발을 단정히 빗어 넘긴
팔순의 고려인 노교수는 유장한 북관말로
톨스토이 삶은 미완의 장편소설이라고 말합니다
몇 해 전 인연 맺은 남쪽 젊은 사내의 청을 거절 못 해
원정에 오른 그는 가장 사랑하고 존경하는 형의 방
에서
『코카서스의 포로』를 읽은 밤 몸을 떨며 전율하던
함흥사범학교를 다니던 십육 세 소년을 회고합니다

누군가 도서관 눈에 잘 띄는 곳에 펼쳐놓은
사회주의 서적을 보았다는 이유로 감옥에 갔다가
해방을 맞고
형의 격려로 러시아 유학길에 오른 그리고
북쪽 조국의 부름으로 돌아왔다가 다시 나선 유학길
동양인 사내의 아이를 낳고 기약 없는 기다림에 있던
나타샤처럼 청순한 순백의 러시아 여인과의 재회

그 후로 반세기가 넘게 조국 밖에서 살고 있는 그는
심장병과 치매로 몇 년째 바깥출입을 못하고 다시
기약 없는 기다림에 있는 나타샤와의 저녁 식사를
위해
아니 그 때문에 집으로 초대하지 못해서 못내 미안
해하며
모스크바 남쪽 변두리 어딘가에서
총총히 집으로 걸음을 돌립니다
서울에서 온 젊은 사내를 꼭 끌어안으며
하얀 비닐봉지에 돌돌 만 보드카를 손에 쥐여주는
그의 송사는 다시 장엄한 문어체입니다
"이제부터 오늘을 기억하며 다음에 만날 그날을 기
다리겠습니다."
내내 버스를 향해 손을 흔들던 백발의 동양인 얼
굴이
군데군데 기워 입은 오래된 여름 양복이
하오 아홉 시, 백야의 그림자가 되어 지워지지 않

습니다

　그는 그렇게 늙은 나타샤의 곁에서 톨스토이의 책을 건네준 그러나 일찍 세상을 뜬 형의 이름 려호를 필명 삼아 두 사람 몫을 삽니다 만년의 톨스토이가 그랬을 것 같고 가난하였으나 내내 외롭고 쓸쓸했던 내 아버지가, 그 아버지가 그랬을 것 같습니다

야스나야폴랴나에서

모스크바 남쪽에서 울퉁불퉁한 도로를 내달리기 네 시간여, 드넓은 평원에 펼쳐진 신령스런 하얀 얼굴을 한 자작나무 숲이 끝날 것 같지 않게 펼쳐지다 툴라에서 멀지 않은 어딘가에 그가 있습니다 레프 니콜라비예치 톨스토이와 그의 가문이 대대손손 나고 자라고 묻힌 영지 야스나야폴랴나 그림처럼 펼쳐진 호수가 있고 울울창창한 침엽수림 사이로 난 숲길 속에 이 층짜리 흰색 목조건물 이곳에서 톨스토이는 매일 오전엔 글을 쓰고 오후엔 마을 사람들과 밭을 갈며 땀 흘려 일을 했습니다 십삼 남매의 아버지였고 마을 인근 아이들이 모조리 그를 닮았다던 거구의 정력가는 지독한 원시라서 어린아이의 의자에 앉아 글을 썼다지요 예순둘에 말 타기를 배웠고 십삼 개 언어에 능통했지만 여든이 넘어 일본어를 배우기 시작했으며 평생 오만 통의 편지를 받고 절반 이상 손수 답장을 쓴 이 글쟁이의 꿈은 이상 사회 평소 생각대로 농노에게 재산을 나누어주는 문제로 평생을 자신의 글쓰기에 헌신한 아내 소피아와 다투고 가출한 뒤 객사한

그는 눈을 감는 순간까지 아내와의 면회를 거절했다
네요 그의 유언은 가장 사랑했던 형 알렉세이가 유년
에 들려준, 세상의 모든 고통을 없애는 비법을 담은
마법의 지팡이가 숨겨져 있다는 계곡에 묻어달라는
것이었다네요 오늘 그는 비석 하나 없는 소박한 장방
형 무덤에서 민얼굴로 사람들을 맞고 있습니다
　그는 지팡이를 찾았을까요
　형을 만나 세상은 고뇌와 고통뿐인 고해의 바다였
노라고 말했을까요

텔레비전, 나의 근대

눈을 감아봐
암전의 느낌이 들 때까지
한참을 감았다 뜰 때의 눈부신 새로움
경이롭게 펼쳐지는 세상
그것이 내 유년의 텔레비전이야

일곱 살 혹은 여덟 살 무렵이었을 거야
산서면 신창리 외갓집에서 맞는 저녁은
가슴 가득히 두근거리는 기쁨이고 또 고통이었지
가녀려 보이는 늘씬한 네 다리가 지탱하는
주름문 달린 윤기가 흐르는 나무 상자
그 안에 담긴 흑백 진공관 텔레비전
몽환 같은 붉은 어스름이 동구 밖에서부터 물들어
올 무렵
나무 상자에 난 작은 구멍으로 열쇠를 꼽아 돌리고
두 손으로 주름문을 잡아 좌우로 열어젖히면
놀랍고 새로운 세상이 열리곤 했지
텅 빈 브라운관 앞에 옹기종기 모여 앉아 한참을

기다리면
　텅—하는 소리와 함께 이어지는 몇 차례의 흔들림
혹은 비틀림
　이윽고 화면 가득 메운 흑백 동영상의 서사
　내겐 꿈같은 세상과의 소통이었어
　그래서 새로운 세계의 문이 열리는
　그 개안의 시간을 날마다 기다렸어
　너무나 기다렸지

　새로운 세상을 여는 관문의 열쇠를 가진 작은 외삼촌
　조금은 퉁명스럽고 좀체 웃는 표정이 없던 그래서
무섭기만 했던 그는
　내가 숭배하지 않으면 안 되는 제사장이고 영매였지
　그를 통해서만이 새로운 세상으로 가는 문이 열렸
거든
　삼촌의 귀가가 늦은 날이면 발을 동동 구르며 애타
게 기다렸지
　그런 그가 더없이 미웠어

돌아온 그가 더없이 반가웠어
그것이 나의 근대적 체험이야

다시 눈을 감아봐
그렇게 한참을 있어봐
뭐가 보여
그 캄캄한 어둠 속에서 새로운 세상이
보여?

삶 이후의 삶

지구 역사상 스스로의 수명을 끊임없이 놀라울 정
도로 늘려온 유일한 존재인 인간이 직면한 가장 큰
고민은 삶 이후의 삶이다

페루 중남부 안데스 산맥 고원에 자리 잡은 고대
잉카제국의 후예들은 인생은 사람으로 그리고 사랑으
로 쓰는 것이라고 믿는다 그래서 살만치 살았다고 생
각하면 스스로 좋은 날을 택해 가족과 친지, 은인, 더
불어 살고 있는 마을 사람 그리고 척지고 등 돌렸던
사람들까지 모두를 불러 성대한 잔치를 연다 그렇게
한바탕 놀고 나면 세상일에 손을 놓고 더 이상 관여
하지 않는다 그것이 그들의 오랜 관습이다 사람들도
그날 이후엔 그에게 아무것도 묻지 않고 그가 무엇을
하든 개의치 않고 보아도 보았다 하지 않는다 남은
삶은 그렇게 살아 있거나 죽어 있고 혹은 그렇게 존
재하거나 사라진다

삶을 비워 사랑하기

정 과 리

.

삶을 비운다는 것의 의미

『지도에 없는 집』은 제목이 가리키는 대로 부재를 가리
킴으로써 시작한다. 시인이 꿈꾸는 세계가 현실과 단절되
어 있음을 강조하고 있다는 점에서 우리는 시인의 낭만주
의적 성향을 쉽게 짐작할 수 있는데, 이 낭만주의는 가령
'네르발의 신비한 지리책'(장 피에르 리샤르)과 같은 진술
이 암시하는 적극적 낭만주의, 편력성 낭만주의가 아니라
부정적 낭만주의, 응시성 낭만주의라 할 수 있다. 그러나
독자가 '부재'라는 어사에 묶인 눈길의 힘줄을 풀고 표제
시, 「지도에 없는 집」의 텍스트로 이동하면, 우리는 그렇
게 간단히 말할 수 없다는 것을 발견하게 된다. 첫 행부
터, 저 '지도에 없는 집'은:

지도에 없는 길 하나를 만났다
엉엉 울며 혹은 치미는 눈물을 삼키고 도시로 떠난
지나간 사람들의 그림자 가득해
이제는 하루 종일 오는 이도 가는 이도 드문
한때는 차부였을지도 모를 빈 버스 정류소

―「지도에 없는 집」 부분

단절과 폐색의 형식으로 나타나지 않고, '만남'의 형식으로 나타나는 것이다. 게다가 처음에 나타난 것은 '집'이 아니라 '길'이다.

그러니까 텍스트를 열자마자 독자는 두 가지 호기심을 한꺼번에 맞닥뜨린다. 우선, 예기치 않은 만남. 그리고 길과 집 사이의 거리. 어떤 사람들이 저마다의 사연을 안고 떠나간 길이, 화자 앞에 출현한 것인데, 다만 그것은 점선으로 있을 뿐이다. 그것을 포착한 것은 시인의 기민한 눈길이다. "한때는 차부였을지도 모를 빈 버스 정류소"를 보자마자, 그 비상한 적막으로부터 거꾸로 그 속에 감추어진, 비어 있음에 이르기까지의 절박한 떠남의 움직임을 떠올린 것이고, 그 짐작을 통곡과 설움 자욱한 유랑의 형태로 가공하면서, 화자의 입을 빌려 '사실화'시킨 것이다. 그러니까 시집 제목이 암시하는 응시적 특성은, 소극적이 아니라 구성력이 매우 강한 것이다.

하지만 이 구성력은 두번째 특성에 의해서 제어되고 있다. 제어의 방식은 특이하다. 자연스럽게는 저 구성력의 과다를 제어해야 했을 것이다. 텅 빈 적막의 장소에서 곧바로 통곡의 유랑을 떠올리는 건 과장이기 때문이다. 그러나 이 시는 그런 가공의 사실화를 그대로 끌고 간다. 그러는 대신, 시인은 그 '과거의 사실'을 무기력화하고 유령화한다. 화자가 갖는 "두려운 마음" "오래전 서낭신이 살았을 법한 늙은 나무"의 '서낭신'과 '늙은'의 어사들이 그 제어를 수행한다. 그런데 시의 묘미는 그 제어에만 있는 게 아니라, 저 확정된 사실과 그 무기력 사이의 요동에 더 있다. 지금 힘없이 혹은 괴기하게 있다 하더라도, 저 사실의 강렬성이 지워지는 것은 아니다. 혹은 시인은 그것을 되살려내야 한다는 의무감을 느낀다. 그렇기 때문에 시인은 무기력의 묘사를 곧바로 일상성의 묘사로, 즉 판단적 묘사를 현상 그 자체의 묘사로 바꾼다. "교목들이 이룬 숲에 노루 울음 가득한 여름 산길"에서 "함석지붕을 머리에 인 처마가 깊은 집이 있다"에 이르기까지의 묘사가 바로 그 과정이다. 그렇게 해서 시인이, 아니, 차라리 시가 노리는 효과는 무엇인가?

판단을 보류하고 현상을 중성화하는 것, 그래서, 그것을 과거의 사건으로부터 형성될 미래의 사건으로 변환하는 것이 그 효과이다. 그렇기 때문에 그 과정이 꽤 긴 길이를 차지고 하고 있는 것이다. 게다가 그 과정의 전개 속에서 미묘한 시간의 이동을 독자는 느낄 수 있다. 이 과정은 지도가 끊긴 곳으로부터 "비포장길" 안으로 더 깊숙이 걸어 들어가는 것으로 나타난다. 그렇게 "한참을 더 걸"어 들어가서 다다른 장소는 "황토 짓이겨 벽 붙이고 슬레이트 지붕을 얹은 곡식 창고/함석지붕을 머리에 인 처마가 깊은 집"이다. 그가 다다른 곳은 산속의 비밀 궁전도 아니고 동굴도 아니다. 특별히 다른 장소가 아니다. 그냥 '집'이다. 그곳은 "한때 차부였을지도 모를 빈 버스 정류소"와 형태적으로 대응한다. 버스 정류소에도, 표를 팔고 일하고 머무는 작은 가옥이 있게 마련이다.

바로 이 형태상의 대응으로 비포장길 저편에 놓인 집은, 포장길 옆의 버려진 '버스 정류소'의 미래형으로 바뀐다. "산나물이 들풀처럼 자라는/담도 길도 경계도 인적도 없"다고 묘사된 그 길의 고립성은, 처음 "오래전에 서낭신이 살았을 법한 늙은 나무"를 통해 유령성을 환기하지만, 그곳을 "지나/교목들이 이룬 숲에 노루 울음 가득한 여름 산길"로 접어들면서 슬그머니 현실 쪽으로 반전해서("노루 울음"은 '울음'을 통해 언뜻 괴기성을 강조하는 듯하지만, '노루'를 통해 현실 속의 자연의 현상임을 동시에 알려준다), "함석지붕을 머리에 인" 형상으로, "한때의 차부"와 형상적 유사성을 확보하는 한편 "처마가 깊은"의 '깊은 처마'로 은밀히 일궈온 어떤 뜻 혹은 의지의 실재성을 환기하여, 그것을 "한때의 차부"의 변형체로, 즉 미래형으로 조형한다.

다만 그 집은 그냥 '집'이다. 즉 미래형으로서의 저 집은 의미가 비어 있다. 그 의미를 채울 존재가 있고, 시간이 남아 있다. 그 존재는 바로 "누구도 허물 수 없는 집 한 채 온전히 짓고 돌아"온 '화자'이며, 시간은 화자의 노동으로 의미가 생산될 시간이다.

민중 서정시를 넘어서 가기

이상의 분석은 곽효환의 시가 한편으로 7, 80년대 이후 한국문학 특유의 민중적 서정시를 연장하고 있다는 것을 보여준다. 다른 글에서도 언급한 바 있지만, 민중적 서정시의 특성은 일반적 서정시가 정서를 자연에 투영하여 동일시하는 것과 같은 방식으로, 역사에 투영한다는 것이다. 일반 서정시가 자신의 정서를 자연을 매개로 사실화하는 것처럼, 민중 서정시는 자신의 정서를 역사를 매개로 사실화한다. 그러한 방식은, 방금 「지도에 없는 집」에서도 보았지만("빈 버스 정류소"에서 유랑민들의 설움을 연상해내는 자동성), 이 시집에서 아주 자주 나타나는 알고리즘 중의 하나이다.

그러나 곽효환의 시는 민중적 서정시가 내장하고 있는 역사 발전의 낙관적 전망을 제거했다는 점에서, 그의 울타리를 넘어간다. 그리고 그는 그 울타리를 두르는 최후의

방책이었던 '후일담'의 미련조차도 끊는다. 그것을 그는,

> 물의 기억은 없다
> 지평선도 없다   ―「붉은 고원―황토고원 2」 부분

라는 은유로 간명하게 밝힌 바 있거니와, 그의 시의 대부분의 출발점은 좌절된 전망을 정직하게 긍정하는 장소, 풍경, 이미지 들로 채워진다. 물론 시인은 그 전망을 매 순간 찾는다. 그러나 그가 마침내 만나는 과거는 화려한 과거가 아니다. "버드나무 몸통으로 얼기설기 엮어 이천 리를 뻗었다던 책성(柵城)과 책문(柵門)은 이제 만주 벌판에선 통째로 사라진 아득한 전설"(「엇갈리는 증언―열하기행 4」)일 뿐이다. 과거는 상처를 드러낸 채로 무너져 있는 과거일 뿐이라고 말하는 것이 과거에 대한 진실한 묘사이다.

> 그렇게 땀을 쏟으며 한참을 오른 산 능선에 불쑥 과거의 얼굴을 한 만리장성 한 줄기가 일행을 보고 환하게 웃고 있습니다 허물어지고 팬 상처를 고스란히 보이며 이쪽에서 저쪽까지 가없이 늘어선 만리장성의 민얼굴로 이것이 진실하고 겸손한 역사의 모습이라고
> ―「고북구장성에 오르다」―열하기행 8 부분

이 "진실하고 겸손한 역사의 모습"을 읽어내는 시인의 눈은, 그러나, 그가 원래의 믿음을 버리고 다른 진망을 찾아나서지는 않으리라는 걸 또한 암시한다. 어쨌든 '역사'는 저의 진실을 담고 거기에 '있기' 때문이다. 그에게 전망은 사라졌으되, 전망을 되찾고자 하는 의지는 남는다. 조금 전에 읽은 「붉은 고원」의 막막한 구절에 이어지는 시구는 이렇다:

경계가 무너진 붉은 곡선을 따라 붉은 산
너머 다시 붉은 산
하늘은 열려 있고 구름은 파동친다

여전히 적막하다. "붉은 산"은 한없이 이어진다. 그러나 그는 이 부재하는 전망의 연속적 지연 속에서 문득 그것이 하나의 거대한 공백임을 발견한다. 그 공백은 옛 믿음의 부재를 가리키지만 동시에 새로운 삶의 시작으로서 간취된다. 전망의 텅 빔은 가능성을 위한 백지로 바뀌고, 이때 무의미의 연속으로서의 "붉은 산" 위에는 의미를 찾으려는 움직임의 부단한 '파동'이 치게 된다.

바로 이것이 곽효환 시가 민중적 서정시의 연장선상에 있다는 진술의 정확한 의미이다. 그는 민중 서정시가 기댄 전망의 실패를 인정하고 더 이상 거기에 집착하지 않는다. 그러나 그럼에도 불구하고 그는 다른 전망을 추구하지 않는다. 대신 그는 민중 서정시가 품었던 현실 인식, 소망, 의지 등을 삶의 지침으로 보존한다. 그것이 지침으로 환원되면서 삶의 내용들은 빈자리가 된다. 그 빈자리는 보존된 지침이 실천적으로 적용되어야 할 가능성의 터전이 된다.

그렇게 시인은 민중 서정시와 단절하고, 동시에 그것을 이으며, 넘어서려고 한다. 이로써 곽효환의 시는, 종래의 민중 서정시를 그 지평 위에서 넘어서려 한 진지한 시도들에 스스로를 보태, 세 개의 방위를 형성한다. 하나의 방위가 삶의 현장으로부터 그 이면으로 스며들어가 거기에 감추어진 미세하고도 분주한 온갖 생존의 움직임들을 포착하고자 하는 나희덕의 시에 의해 지시된다면, 다른 하나의 방위는 민중적 전망을 순수한 현장성의 사태로 되돌림으로써 저 옛날 『노동의 새벽』(박노해)이 보여주었던 생활과 언어의 밀착을 다시 되살리고자 하는 송경동의 시들이 도드라지게 하고 있다. 곽효환의 시가 가리키는 방향에는 과거의 삶에서 내용을 지우고 형태만 남기는, 아니 내용조차도 형태화하는 작업이 개시된다. 여기에서 내용이란 '목전의 구체성'이라 이름 붙일 수 있는 이른바 민중적 전망이 한국사-한국 사회의 특수성 속에서 현상되어 나타난 모든 실제적인 욕망과 행동의 사건들을 가리킨다. 곽효환의 시는 그것들을 비운다. 비우는 대신, 순수한 뜻, 의지만 남긴다. 상처받은 자의 아픔, 더불어 사는 삶에 대한 희원, 불의에 대한 비판적 의식 같은 것들, 굳이 특정한 이데올

로기가 아니어도 대부분의 사람들이 자연스럽게 품게 되
는, 정당한 삶의 표지들이 그것이다. 이 점에서 그것은 내
용이 빈 순수한 형태, 내용물을 기다리는 항아리, 함께 나
누며 노래 부를 술잔이다.

개별적 삶들의 무정형적 혼재

곽효환의 방법론은 그러니까 텅 빔(전망의 상실)을 비
움(가능 공간의 확보)으로 바꾸는 것이다. 그런데 그가 한
걸음 민중시의 울타리를 넘어선 순간, 그는 모든 것을 상
실한다. 그가 선 자리는 말 그대로 빈자리다. 이 자리에
시인은 의미를 채워야 한다. 낡은 전망을 버린 시인에게
그 임무는 그렇게 쉽지 않다. 그가 예전의 전망을 포기했
다는 것은 그 전망을 담당하리라고 여겨진 주체도 포기한
다는 것을 가리킨다. 그 전망을 실현하기 위해 그동안 개
발된 모든 전술들도 버려야 한다는 것을 가리킨다. 여기에
'무엇'을 '어떻게' 채울 것인가?

흥미로운 것은, 양극을 향한 동시적 연장 속에서 그의
시가 '무엇'을 찾아내고 있다는 것이다. 우선 눈에 띄는 것
은 민족사의 파편화된 과거들을 국경을 넘어서 확인하는
작업이다. 언뜻 보면, 마치 그 운동은 민족주의적 열정의
극대화처럼 비친다. 그러나 앞에서 보았듯, 작업의 결과는

146

전망의 붕괴이다. 민족주의적 열정에 응답할 화려했던 민족사의 순간들은 부재하는 것이다. 시인이 확인하는 것은 그러니까 '우리'의 역사라고 지칭된 것들이 모두 낱낱의 모래 알갱이로 화하고 있는 사태이다.

이 낱낱의 모래로 개별화되는 과정은, 시인이 탐구의 대상을 민족을 넘어 세계인으로 확대하면서 더욱 가속화된다. 따라서 외형적으로 시인의 탐구는 집단의 확대(민족에서 세계로)로 비치지만, 속내로는 개별화의 전면화, 즉 종지 속의 콩알들처럼 모여 있던 낱낱의 사건 및 체험 들이 우주 속의 먼지들로서 와해되는 광경을 연출한다. 그러고 나서 독자는 시인이 탐구하는 대상들이, 이와 같은 민족 단위의 존재나 세계 단위의 존재인 경우들에 더해, 지극히 개인적인 체험과 유년의 기억으로 이루어진 사건들이 겹쳐 있다는 것을 발견하게 된다. 그 다채로운 바깥의 광경들의 탐문 뒤에 "유년의 희망, 그 작은 사랑을 다시 찾으리니"(「고무신 배를 띄우다」)와 같은 시인 자신의 내밀한 욕망이 숨어 있음을 눈치채는 순간이 오는 것이다. 논리적으로 보면 집단적 규모의 확대의 결과는 개체들로의 분산이고, 그 분산의 결과는 개체들 저마다의 단독자 됨, 즉 사적 실존이다.

이것이 독자가 '양극을 향한 동시적 연장'이라고 보았던 흥미로운 사태이다. 이 사태의 결과는 확산의 운동이 응축으로 귀결하고 쉼 없는 분출이 문득 부러져 낙수로 떨어지며 전면적이고 동일적이며 동시적인 운동이 개별적이고 닫힌 사적 공간들을 생성하는 것이다. 이 사정을 이해할 때 독자는 전혀 이질적인 태도들이 하나의 가치로 조명되고 옹호되는 일도 납득할 수 있게 된다.

초록의 운동장 가운데 선수들이 도열하고 함성이 잠시 잦아들 무렵 양국 국가가 차례로 울려 퍼졌습니다 선수들은 하나같이 경건한 부동자세로 서서 결기 가득한 굳은 얼굴로 바닥을 보거나 더러는 작게 입을 벌려 국가를 따라 부르기도 했습니다 그때 화면에 비친 한 일본 선수에게서 눈을 뗄 수가 없었습니다 그 엄숙하고 경건한 국가의 순간, 그는 여기저기 기웃거리고 가볍게 제자리에서 뛰며 몸을 풀며 놀고 있었습니다 일본 국가가 울려 퍼지는 내내 그는 주위에 아랑곳 않고 딴청을 부리며 몸을 놀렸습니다
— 「Beyond right」 부분

인디오 노파의 눈동자에 호수가 어리어 있네
그 눈에 멕시코를 다 빠뜨릴 수 있을 만큼 커다란 호수가 있네
그 곁에 누가 있네, 거친 에네켄 농장에서 사나운 가시에 찔린
곪은 피 뿜으며 몸을 놀리는 내 할머니가 있고 어머니가 있네

두 눈에 그득한 슬픈 천진함 그 눈에 어린 또 다른 황색
인디오들
아, 내 어머니 할머니, 그 어머니 할머니 다시 그……
—「내 이름은 멕시코언」 부분

첫번째 시구가 전하는 신선한 이타성과 두번째 시구의
끈적끈적한 연속 동일화를 대비해보라. 이 양극적인 사건
들이 곽효환 시의 공간에서는 하나의 감정막 안에 통합된
다. 모든 사건들, 풍경들, 이미지들은 저마다 고립되면
서 하나로 상통한다. 아마도 어떤 사람은 끝이 열린 모든
물질을 잡아 통합하는 브레인월드braneworld를 떠올리
리라.

이렇게 논리적으로 재구성된 곽효환 시의 풍경은 실제
로는 지극히 이질적 사건들의 무질서한 배열로 나타나 있
다. 아주 구체적인 오늘의 정치적 사안과 민족사의 유적들
과 파괴의 기억을 가진 세계의 유산들, 그리고 성인이 된
시인의 직업적 체험과 유년의 추억들, 이 모든 것들이 어
떤 계층이거나 분류적 체계를 갖추지 않은 채로 흐트러져
열거되는 것이다.

이 고도 엔트로피의 사태를 그런데 시인은 이미 짐작하
고 있었던 듯하다.

눈 덮인 철원평야

석양을 좇아 기러기 떼 한 무리 날다
옷을 벗은 나뭇가지에 잔설이 앉고
무정형한 새들의 군무
하! 인적 없는 겨울 들판의 여백,
붉게 물드는 잿빛 하늘 한 켠에
밥 짓는 연기 오르면 좋으련만

겨울 꽃 가득한 나목(裸木)
평강고원에 낮달이 창백하다 ——「겨울, 평강고원」 전문

서시에 해당하는 이 시는 곽효환 시 세계를 압축적으로 현
상한다. 적막과 헐벗음, 그리고 순수한 뜻의 보존을 환기
시키는, "옷을 벗은 나뭇가지에 잔설." 그다음, 그 뜻의
실천으로서의 새들의 비상. 그런데 새들의 몸짓은, "무정
형"한 것이다. 왜? 시 안에서 말하면, "밥 짓는 연기"가
오르지 않기 때문이다. 그 배경에서 "잿빛 하늘"은 "붉게
물"들고 있지만. 반가운 생의 활동의 기미는 나타나지 않
는다. 그 기대와 실망 사이의 팽팽한 긴장을 두번째 연은
다시 한 번 압축하고 있다. 이 시는 전체 시의 '내면상징
도mise en abyme'이면서, 다시 둘째 연이 시 전체의 '내
면상징도'가 된다. 내면상징도는 본래 심화적 성질
〔 'abyme'는 '심연abîme'의 이형동의어로, 'en abyme'는 "어
떤 다른 것에 관련되지 않고 오로지 중심 속으로 몰입"한다는

뜻 이 다 (*Le Grand Robert— Dictionnaire de la langue française*, 1985, T.1, p. 20)〕을 갖거니와, 이 서시는 의지의 밀도는 농밀해지는 가운데, 실행의 가능성은 여전히 완벽한 물음표로서만 존재하는 상황을 그대로 가리킨다고 할 수 있다.

따라서 이 '무정형'은 시인의 불가피한 '전략'이 될 수밖에 없었을 것이다. 의지의 밀도가 진해지는 만큼, 어떤 몸짓인들 해야만 하는 것이다. 그것뿐이 아니다. 이 몸짓들은 무엇보다도 신생을 위한 자원들의 '원시적 축적primitive accumulation'〔정확히, 마르크스적 의미에서의 (『자본』 제1권, 제8부)〕을 가능케 하는 것이다. 무정형임에도 불구하고. 아니 무정형이기 때문에 더욱더. 왜냐하면, 무정형일수록 축적의 범위가 무한대로 넓어지는 것이니, 이것은 모든 생명 활동의 근본에 해당하는 것이다. 따라서, 시인이 다른 시에서,

> 나, 양쪽 날개를 가지런히 펴고 날아오르리니
> 내내 무정형한 군무로 말하리니
> ──「한반도에서 겨울을 나는 철새들」 부분

라고 선언할 때, 우리는 이제 그 이유를 충분히 짐작할 수 있는 것이다. "양쪽 날개를 가지런히 펴고"라는 뜻이 환기하는 바까지 포함하여.

그러나 그는 정말 "내내 무정형한 군무"로 말할 것인가?
이 신생 자원의 원시적 축적이 끝내 생활화되지 못할 것이
란 말인가? 그래서 "밥 짓는 연기"를 끝끝내 피워올리지
못할 것인가? 무정형의 연속은, 그것이 '순수한 뜻'이라는
유일한 막에 갇혀 있는 상태의 결과라면, 엔트로피의 증가
만을 초래한다. 가역적인 변환 과정을 통해 엔트로피가 안
정화되도록 자원이 운동에 투입되려면, 시스템으로부터의
탈출 알고리즘의 수립이 요구된다. 우리가 밤하늘의 별빛
을 보며, 가출이나 외계를 꿈꾸듯.

지시소의 역할과 사랑의 독립성

곽효환의 시에는 그런데 특이한 개안의 순간들이 있다.
우선 이 시구를 보자:

길이 끝나고 다시 길이 열리는 곳에 울리는
고원의 숨소리, 거친 들숨과 날숨
자작나무를 닮은
호양나무 하얀 몸통의 두근거리는 고동소리
귀 기울여 들으리니
붉은 고원을 적시는 꿈은
마른 협곡에 섬처럼 피어난 푸른 밭 한 뙈기

혹은 물과 바람에 대한 아득한 기억
　　　—「고원의 숨소리—황토고원 3」 부분

무언가가 이상하다. 바로 3~4행. 왜 "호양나무"를 "자작
나무"로 비유하고 있을까? 물론 간단한 설명도 가능하다.
시인은 티베트 지역을 여행하던 중 호양나무 숲을 만났고,
호양나무를 보고 한국에 많이 서식하는 자작나무와 유사하
다는 느낌을 받았다고 말이다. 그것이 일차적인 사실일 것
이다. 그러나 시적 진술에서 나무를 나무로 비유하는 건
이례적인 경우다. 은유는 원래 새로운 세계의 탄생을 지시
하는 것이다. 동질의 사물로 비유하는 건, 그런 새로움을
반감시킨다. 그렇다고 이 두 행에서 은유의 의도적인 실패
를 알아보기란 어렵다. 따라서 이 두 행에 대해서 산문성
의 개입으로 보거나, 아니면 "자작나무"가 일종의 '초성
분'의 지위를 차지하고 있다고 전제해야 한다. "자작나무"
는 '나무'이되 '나무'가 아니다. 그것은 나무의 성질을 버
림으로써 대상–나무를 상승시킨다. 과연, '자작나무'와 닮
았다고 느낀 순간, "호양나무 하얀 몸통"에서 "두근거리는
고동소리"가 들리지 않는가? 그 "고동소리"를 통해 화자–
청자가 듣는 건, 물론 잊힌 꿈이지만, 그러나 단순히 꿈일
뿐인 게 아니다. 그것은 "푸른 밭 한 뙈기"의 땅을 "물과
바람에 대한 아득한 기억"으로 두고 작동하는 꿈이다.

　어떤 내용을 대리하는 기호임을 포기하는 대신, 어떤 상

황 혹은 언술의 지위를 지시하는 기능만을 하는 걸, '지시소' déictique (혹은, indicateur)라고 한다면(A.J. Greimas et J. Courtes, *Sémiotique—Dictionnaire raisonné de la théorie du langage*, Paris: Hachette, 1979, pp.86~87) "자작나무"가 하는 일이 바로 그것이다. 자작나무는 '나,' '여기' '지금'과 같은 것이다. 그런데 '나' '여기' '지금' 등의 지시소가 하는 일이 무엇인가? 그것은 새로운 상황의 '개시'를 알리거나 아니면, 있는 상황을 되풀이시켜 변화시키는 훈련simulation을 작동케 한다. 그러니까 위 시구에서 "자작나무"는 바로 그 상황을 개시시키는 매개자로서 기능하는 것이다. 아직 "밥 짓는 연기"는 올라오지 않지만, 어쨌든 "푸른 밭"이 눈가에 잡히는 것이다. 조만간 씨 뿌리리라.

그런데 왜 '자작나무'인가? '봉황새'나 '아침 이슬'이 아니고? 만일 여기에서 자작나무의 '한국적' 특질을 떠올려서는 쓸모가 없을 것이다. "모스크바 남쪽에서 울퉁불퉁한 도로를 내달리기 네 시간여, 드넓은 평원에 펼쳐진 신령스런 하얀 얼굴을 한 자작나무 숲이 끝날 것 같지 않게 펼쳐지"(「야스나야폴랴나에서」)고 있기 때문이다. 오히려 독자가 주목해야 할 것은 자작나무가 '호양나무'의 비유로 쓰였다는 점이다. 그것은 호양나무의 변신체인 것이다. 다시 말해, 자작나무가 열 새로운 상황 혹은 새로운 상황에 대한 꿈은 바로 내부로부터 발생한 것이라는 점이다. 조금

전까지만 해도 한없이 무질서하게 팽창하기만 했던 세계 내부로부터 다른 계로 이동할 탐조체가 건설되었던 것이다.

그러니까 이곳에서 저곳의 기미가 슬그머니 태어나고 있는 것이다. '이곳'의 덩어리가 '저곳'의 실오라기들을 흘려내고 있는 것이다. 어떻게 그것이 가능했을까? 운동 역학적으로 그것은 자작나무가 자작나무이기를 포기했기 때문이다. 그것을 의미론적으로 번역하면, "죽을 수 없는 죽음과의 만남"이라고 말할 수 있을 것이다.

> 그의 유년의 꿈은 교회 오르가니스트
>
> 그 꿈은 이루었지만
>
> 외로웠대요, 그는
>
> 늘 무언가를 갈구했대요, 그는
>
> 죽기 전에 꼭 한 번 만나고팠던 이를 끝내 만나지 못한
>
> 유리 벽을 사이에 둔 그와의 낯선 조우는
>
> 죽음을 넘어선 만남
>
> 죽지 않는 만남
>
> 죽을 수 없는 죽음과의 만남 그래서
>
> 나는 당신 안에서 행복합니다
>
> ——「죽음과의 만남」 부분

썩 감성적인 어조로 진술되고 있는 예술가의 죽음은, 그러나, 놀라운 통찰을 숨겨두고 있다. 예술은 끝끝내 마음

의 갈증을 해소시켜주지 않는다는 것. 예술가가 자신의 꿈
을 이루어도 그렇다는 것. 그리고 그렇게 갈증을 갈증으로
남길 때, '행복'하다는 것. 그게 무슨 말인가? 그 대답이
시의 앞부분에 사태 자체로 지시되어 있다.

> 오래된 도시를 지켜온 사내는
> 밤이면 비틀거리며
> 아우어바흐 켈러에서 걸어 나와
> 붉은 눈으로 그들의 심장을 들여다보곤 말하지요
> 사랑하라 사랑하라 다시 사랑하라
> 죽기까지 그리고 당신의 영혼을 팔기 전에
> 죽음을 넘어서는 만남과 사랑을 이루,라고
>
> ——「죽음과의 만남」부분

어떤 사태인가? 예술은 오직 '사랑'의 행위에 몰입하는 것
일 뿐이며, 예술은 모든 충족을 넘어서 끝없이 "사랑하라"
고 명령한다는 것을, 죽은 예술가가 동상으로 환생해 실연
해 보여주는 사태이다. 예술은 사랑을 완성시키고, 욕망을
다스리며, 상처를 위로하는 일을 하지만, 그러나 그것은
예술의 기능일 뿐 본령이 아니다. 예술의 본령은 '사랑'이
라는 행위 그 자체이다. 그것은 충족이나 결핍과 아무런
연관이 없다. 만일 연관이 있다면, 우리는 유토피아에서는
예술이 존재 이유를 상실한다고 가정할 수 있을 것이다.

그러나 예술이 없는 유토피아가 어떻게 유토피아인가? 예술은 그렇게 '기능'하는 게 아니다. 예술은 오직 '행위'할 뿐인 것이다. 그것은 그렇게 모든 삶의 과정과 결과에 관계없이 독립적으로 존재한다. 그러니, 우리가 한 예술가의 죽음을 만났다 하자. 그 예술가의 죽음에서 예술은 어디에 있는가? 그것은 그 예술가의 자기 완성과 행복을 통해서 지시되는 것이 아니라, 오로지 그가 행한 예술적 실천에만 있는 것이다. 그러니까 예술가의 불멸은, 그의 위대함의 불멸이 아니라, 예술의 불멸인 것이다. 또한 그러니까 예술가의 죽음을 만난다는 것은 죽을 수 없는 죽음과 만난다는 것을 곧바로 뜻한다.

'죽을 수 없는 죽음과의 만남'은 따라서 삶/죽음의 대위 관계망(우리가 통상 '인생'이라고 일컫는) 자체를 포기함으로써 발생한 것이다. 독자는 앞자락에서 언급했던 곽효환 시의 '형태화'의 방향이 되풀이되는 것을 본다. 그런데 이 형태화는 자기 포함적인 속성을 가졌다. 즉 이 형태화를 한 번 넘기면, 그다음 국면에서는 앞선 형태화의 행위체 자체가 형태화된다는 것이다. 앞자락에서 언급한 형태화는 한국적 현실의 '목전의 구체성'이라는 내용을 버리고, 보편적인 삶의 뜻만을 남긴다는 의미에서의 형태화였다. 독자는 그것을 술을 버리고 술잔을 남기는 비유로 이해하였다. 그런데 이번의 형태화는 그 술잔 자체를 다시 버리는 행위이다. 어떻게 버려서 무엇을 행하는가? 다시 비유

를 쓰자면, 술잔도 버리고 술 마시는 일만을 남기는 것이
다. 그 술이 맥주가 됐든, 고량주가 됐든, 막걸리가 됐든.
그 술잔이 사기잔이든, 유리잔이든, 종이컵이든. 그렇게
술도 술잔도 버리는 대신, 술 마시는 행위만을 집중시키는
게 두번째 형태화이다. 이것은 분명 술 뿌리는 행위는 아
니다. 술을 먹어서 어쨌든 몸 안의 화학 변화를 일으키고
자 하는 것이다. 그것이 시어들을 삶의 재현물로부터 순수
한 지시소로 변신시키는 작법이며, 달리 말하면, 그 사랑
이 무엇을 완성하느냐에 아랑곳 않고 오로지 사랑에 열중
하는 행위이다.

아마도 다음 국면에서 또 한 번의 형태화가 전개된다면,
그때는 술 먹는 행위도 버리는 일이 될 것이다. 술을 가지
고 무엇을 하든 상관없게 되는 것이다. 술을 뿌려댈 것인
지, 술과 물을 뒤섞을 것인지, 술에 불을 붙여서 로켓을
쏘아 올릴 것인지…… 그러나 정말 그것이 어떻게 될지는
독자도 모르고 시인도 모른다. 시인이 거기까지 나아가지
않았으니, 독자는 당연히 모른다.

'삶을 비우기'에서 '사랑에 몰입하기'까지

곽효환 시의 최종적인 작업은 이차 형태화라고 할 수 있
을 것이다. 그것을 간단히 '삶을 비워 사랑하기'라고 요약

할 수 있을 것이다. 그러나 독자는 여기에서 속으면 안 된다. 이렇게 요약해놓은 것만을 보면, 요령부득의 문장이 되며, 또한 불순한 의미들이, 즉 매우 육감적이어서 꽤 잡스런 의미들이 끼어들 것이다. 독자가 놓치지 말아야 하는 것은, 저 명제가 있기까지의 전 과정을 복기하는 작업을 통해서만 명제의 의미를 고스란히 보존할 수 있다는 것이다.

곽효환의 시가 긴 이야기를 자주 담고 있는 것은 이 때문이다. 시 스스로가 독자가 해야 할 일을 앞서서 시연하는 것이다. 때로 그 연기는 독자가 못 미더워서 지나치게 자상하여 장황해지기도 하고, 스스로 연행의 고통과 고독에 질려 말과 동작이 헝클어지기도 한다. 그러나 잘 지어진 시편들은 독자가 지금까지 살펴본 시의 진화 과정을 하나로 담아 유장하게 풀어낸다.

다음 시도 그런 시 중의 하나라고 독자는 생각한다. 이 해설에서는 자세하게 분석되지 않았지만 이번 시집의 지배적 색조관계를 이루고 있는 붉음과 하양의 충돌과 미묘한 교섭을 음미하며 조용히 한 순배 넘길 동안 읊어보기를 이 해설의 독자들에게 권하는 바이다.

붉은 금빛으로 온통 물들던 숲에
혹독한 바람 불어 불어
겨울,

날카로운 선으로 서다

낙엽송마저 마지막 잎을 다 떨어뜨린

텅 빈 산에 우우— 앙상한 울음

문득 멈추고 눈부시게 하얀 알몸으로

울울창창 자작나무 무리 지어 있다

예 어디쯤 주렁주렁 돌기와 인

당신 닮은 등 넓은 너와집 한 채 있어

둥치부터 하얗게 홀로 빛나는

자작나무 숲 장엄한 그늘에 기대어 몸 들였다

지붕 낮은 집 굴뚝에 연기 올리고

눈 덮인 산마을에 햇볕 한 줌 불러내리니

쩡— 쩡— 갈라지는 계곡 깊은 얼음소리의 울림

이제는 다 잊었다고 믿었던 지난 사랑 더듬으니

손목 아래 동맥을 스치듯 살짝 비켜 간

불에 덴 자국

좀체 지지 않더니

자작나무 그늘 아래 눈꽃처럼 환하게 웃다

—「겨울, 자작나무 숲에서」 전문 ▨